MINGUO TONGSU XIAOSHUO
DIANCANG WENKU

写真箱

民国通俗小说典藏文库·程瞻庐卷

程瞻庐 ◎ 著

中国文史出版社

"滑稽之雄" 程瞻庐

萧　遥

　　民国初年的文坛上，小说的创作呈现出欣欣向荣之气象，一时间，不同题材、不同风格、不同旨趣的作品层出不穷、洋洋大观。正统的文学史教材里，往往将旧派小说即章回体小说置于次之又次的地位，一笔带过而已，然而在当时的社会，这类小说的受众群体是相当广大的，其畅销程度远远超过了如今被奉为正朔的新文学。

　　旧派小说被排挤，有其自身的原因，也有时势的原因。一方面是因为旧派小说家大多依靠市场存身，为迎合世俗口味，作品中不可避免地会出现低俗下品的情节，加之这一作家群体水平参差、良莠不齐，时日愈久，而"内容愈杂，流品愈下，仅就文字而言，到后来也是庸俗浅陋，没有早先的'哀感顽艳''情文并茂'了。这也是旧派小说历史过程中必然产生的现象，预示着它的日趋没落，不能自拔"（范烟桥《民国旧派小说史略·概说》）；另一方面，"五四"新思潮挟风雷之势而起，要求以新的文学风貌来迎接新的文明，扬新必要抑旧，特别是旧风尚依然有相当数量的拥趸，为着警醒世人，必须予旧派以猛烈的打击，矫

1

枉的同时未免过正。

事实上，有相当一部分旧派小说家是自尊自重，并且要求进步的，他们借着章回体小说的壳子，同样创作出号召民主共和、自由平等的作品。特别是以写世情世风、人间百态为主旨的社会小说，更是用或写实或讽喻的手法，活画出清末民初新旧思想激烈冲突下的一幕幕社会悲喜剧。其中的一位代表人物就是程瞻庐。

程瞻庐，名文棪，字观钦，又字瞻庐，号望云居士。苏州人。出生于1879年，即光绪五年，1943年因病去世，享寿六十四岁。如以1911年辛亥革命胜利，民国政府成立为界，其三十二岁之前身在晚清，之后三十二年身在民国，新旧两个时代刚好各占一半。关于程瞻庐的生平，于今所见资料甚稀，仅能从周瘦鹃、郑逸梅、严芙孙、赵苕狂等好友为其所作之小传或序言中窥见一二。程瞻庐生于光绪初年，其时仍以科举八股取士，程幼时即厌弃八股，喜读古文，旧学功底深厚。二十岁左右，程瞻庐考入官学。不久，清政府废除八股文，改考策论。比起僵化刻板的八股，策论更注重考生议论时政、建言献策的能力，程氏"每应书院试，辄前列"，"年二十四，入苏省高等学校，屡试第一，遂拔充该校中文学长"（赵苕狂《程瞻庐君传》），可见其与时俱进之能。毕业之后，曾执教于多所学校，兼课甚多。程瞻庐脾气随和，性格优容，国学功底深厚，又能为白话小说，加之他住在苏州十全街，因此大家赠他一个雅号曰"十全老人"。"十全老人"诸般皆善，唯不堪案牍阅卷之劳形，"每周删改之中文课卷，叠案可尺许"。恰值此时，其小说作品刊行于世，广受好评。先有

《孝女蔡蕙弹词》刊于《小说月报》，其后又作《茶寮小史》正续编，迅速奠定了他在文坛的地位。说到《孝女蔡蕙弹词》，还有一则趣事。当年《小说月报》倡导新体弹词，程遂将《孝女蔡蕙弹词》寄去，主编恽铁樵粗读之后，便予以刊发，并寄去稿费。等到刊物出来，恽重读之后，"觉得情文并茂，大有箴风易俗的功用，认为前付的稿酬太菲薄了，于是亲写一信向瞻庐道歉，并补送稿酬数十元"（郑逸梅《民国旧派文艺期刊丛话》）。此事传为佳话，亦可见程氏文笔在当时是很受赞赏的。赵苕狂为其所作小传中也曾提及："恽铁樵君主任《小说月报》时，不轻赞许，独心折君所著之《孝女蔡蕙弹词》，谓为不朽之作。"有此谋生手段，程瞻庐遂弃教职，专职著文。应当说，程瞻庐为师还是很合格的，不然当其辞职之时，也不会有"校长挽留，诸生至有涕泣以尼其行者"之情状。此后他陆续在《红玫瑰》等杂志连载多部长篇小说，并发表短篇小说及小品随笔数百篇。值得一提的是，程瞻庐亦如张恨水、向恺然（平江不肖生）等一样，是被《红杂志》《红玫瑰》等刊物包下文章的。所谓包下文章，就是凡程瞻庐所写文章，均在该杂志发表，而杂志则为其提供丰厚的稿酬，足见当时程氏文章之风靡程度，以及杂志对程瞻庐的信任和推崇。须知包圆作品是有一定风险的，倘若作家不能保证质量，劣作频出，对于杂志的销量和声誉是有相当影响的。但是程瞻庐对得起这份信任，时人称其有"疾才"，不仅速度快、文笔佳，而且"字体端正，稿成，逐句加以朱圈，偶误，必细心挖补，故君稿非常清晰，终篇无涂改处也"（严芙孙《程瞻庐小传》），可见其创作态度。民国著名"补白大王"郑逸梅曾拟《花品》撰

《稗品》，分别予四十八位小说家以二字考语，曰"或证其著作，或言其为人"，如"娇婉"之于周瘦鹃、"侠烈"之于向恺然、"名贵"之于袁克文等，对程瞻庐则以"洁净"二字相赠。

程瞻庐的写作风格，总体而言，为"幽默滑稽"四字，时人以"幽默笑匠""滑稽之雄"号之。周瘦鹃曾为其《众醉独醒》作序曰："吾友程子瞻庐，今之淳于、东方也。其所为文，多突梯滑稽之作，虽一极平凡事，而得君灵笔为之抒写，便觉诙谐入妙，读者每笑极至于泪泄，殆与卓别灵、罗克同其神话焉。"幽默与滑稽看似同义，其实是有差别的。有人曾这样解释："所谓幽默，乃是内容大于形式；所谓滑稽，则是形式大于内容。"形式大于内容，一般是指以反常规的夸张的行为、语言、做事方式，令人们当即意识到故事和人物的荒诞可笑，瞬间爆发出笑声；内容大于形式，则是将褒贬夹带于正常的叙事逻辑中，通过细节的描述对某一人物或现象进行戏谑或反讽，令人细品之后，心中了然，会心一笑，余味悠长。这两点，都要做到已属不易，都能做好更是难上加难，而程瞻庐恰好是其中的翘楚。

例如程瞻庐有一套仿《镜花缘》风格的小说作品，包括《滑头国》《健忘国》《小器国》等，写的是兄弟三人外出游历，一路之上的所见所闻。"滑头国"中无人不奸，无人不狡，店铺中挂了"童叟无欺"的牌匾，却是狠狠宰客，客人诘问之下，店家居然毫不讳言，并表示是客人读反了牌匾，其实是"欺无叟童"，无论老人儿童，一律欺之骗之。"健忘国"中人人记性极差，姓甚名谁、家乡何处、家中几口，等等等等，通通不记得，因此要将所有的信息记录下来，甚至包括妻子的身材相貌、穿着打扮乃至情夫是谁，都贴在身上，招摇过市，毫无顾忌。由于这几部作品规模较小，结构上虽不显其高明，其主旨也一目了然，在于讽刺当时社会见利忘义、不顾廉耻的种种怪现象，但其中情节的怪诞、语言的机变，足以令人捧腹。

茶寮，是程瞻庐作品中经常出现的一个重要场所，也是程瞻庐创作灵感的重要来源。"君得暇，啜茗于肆，闻茶博士之野谈，辄笔之于簿，君之细心又如此。"（严芙孙《程瞻庐小传》）颇有几分蒲松龄著《聊斋》的风范。茶寮酒肆是各色人等聚集之地，也是各类消息八卦的集散地。程瞻庐日常喜好到茶寮听书，并借机观风望俗，将世间百态、人情冷暖作为素材，一一写入小说。他的《茶寮小史》开篇第一句就是："小小一个茶寮，倒是人海的照妖镜、社会的写真箱。"书中借茶博士之口，将一众悭吝卑琐、有辱斯文的读书人刻画得穷形尽相。"提起那个老头儿，真恨得人牙痒痒的。他去年在这里喝了六十碗茶，临算账时，他只给我小洋四角。我说：'差得甚远，每碗茶三十文，六十碗茶该钱一千八百文。'他把脸儿一沉，说道：'我只喝你十六碗茶，哪里有六十碗茶？'我揭账簿给他看，他说：'你把十六两字写颠倒了，却来硬要人家茶钱。'我与他理论，他竟摆出乡绅架子，把我狗血喷人般地一顿毒骂。……他昨天提起嗓子，喊算茶账，纯是装腔作势，叫作缺嘴咬蚤虱——有名无实。他把手插入袋内，假作摸钱钞的模样，直待人家全会了钞，他才把手伸出。要是人家不会钞，他便永远不会也不肯把手伸出，要他破费一文半文，比割他的头颅还要加倍痛苦。"程瞻庐脾气好，作文虽然尽多讽刺，但是语气并不峻切，而是不急不躁，不温不火，令人莞尔，不忍弃掷。

程瞻庐的另一代表作《唐祝文周四杰传》，以民间传说的"江南四大才子"为主角，至今仍为人津津乐道，据说很多影视作品也是以此书为底本进行改编的。四大才子虽然在历史上各有坎坷，周文宾甚至是杜撰出的人物，但传说中他们各自的风流韵事显然更是老百姓们喜闻乐见的。程瞻庐的这部小说摒弃了以往话本中明显不合逻辑的粗鄙段落，用自己特有的"绘声绘形""呼之欲出"的笔墨，将四大才子风流超逸又各具面貌的形象跃然纸上。唐伯虎的倜傥，祝枝山的老辣，文徵明的俊雅，周文宾的潇洒，栩栩如生，如在眼前。民国时期的《珊瑚》杂志曾刊登过一位读者的评论："长篇小说，总不离喜怒哀乐、悲欢离合，唯有程瞻庐的《唐祝文周四杰传》，却是一部纯粹的喜剧的小说。……瞻庐的小说，原是长于滑稽，这部纯粹的喜剧的小说，当然是他的拿手。全书一百回，处处都充满着幽默的笑料。"

程瞻庐的一生横跨清末与民国两个时期，亲身经历了辛亥革命这一重大历史变迁。新旧思潮的激烈冲突在他身上作用得非常明显。他自幼接受的是旧文化教育，一方面恪守传统道德，另一方面也见证了八股等糟粕对国家和知识分子的戕害，他的思想中有对变革的渴望和肯定。同时，晚清之后大力倡导的"西化"又令他恐慌并困惑，民国政府成立之后，各种蜂拥而起的新思潮、新现象令包括他在内的许多旧知识分子不由自主地抗拒，因此他的思想是十分矛盾的。以女子解放这一思潮为例，程瞻庐不赞成"女子无才便是德"这一说法，他认同男女都应该读书，都应该接受良好的教育，并且学有所成，报效国家；但是他并不支持女子接受西式教育，甚至对出洋的男子也颇有微词。他的作品中时常有对没有文化的老妈子的讽刺，对阻止女子读书的腐儒的不满，但也常见对留洋归来"怪模怪样"的男女的讽刺。他认同婚姻自由，反对包办，对于旧时姑表联姻等陋俗更是强烈不满，但同时又对过于自由浪漫的恋爱大加批判。他并不赞成妻子为去世的丈夫殉节，但又对真去殉节的女子啧啧赞叹。他鼓励女子放足，却又反对女子剪发……凡此种种，可见在那个特殊的过渡时期，从晚清走入民国的旧式知识分子的复杂心态。

总而言之，程瞻庐的小说在当时既有其进步性，也有一定的局限性；既体现了知识分子面对外忧内患的忧虑和担当，也表现出旧文人的保守和怯懦。这是由时代决定的，并不只是他个人的原因。从文学的角度，他的小说思路开阔，情节生动，可读性非常强，在"鸳鸯蝴蝶派"言情题材为主的作品中别具一格，在当时赢得了众多读者的青睐，在今天也依然有可供参考和借鉴的意义。

目　录

第一回

走长途轿役发牢骚
跪深夜丫鬟遭挫辱

十二月十三夜，呼呼的北风刮得树枝怪响，半空里洒洒扬扬，降下一阵瑞雪。未到黄昏，挨家的门户都是重重叠叠地紧闭，富的坐在暖室里，靠着火炉，羊羔美酒，吃得半酣，只说今年的节气不准，大寒时节，因甚没有丝毫的寒气？穷的拥着黄瘦婆子，稻稿作荐，破絮掩身，瑟瑟缩缩，全身的肌肉都在那里零碎活动。那时道上行人都已绝迹，六街三市，掩盖着一二寸的琼瑶，顿把红尘世界化作白玉乾坤。似这般好雪景，可惜没个闲人冒夜出门到这里来赏雪。要是真个没人前来赏雪，编书的写到这里，也只索冻住笔尖，没有什么可说。原来在这大冷天气，苏州城外一家戏院子里，恰正锣鼓喧天，演那最后一出的拿手好戏。

看戏的眼花缭乱，连连喝彩的当儿，却把门外候着的车夫轿役三十六个牙齿也在那里串演跌打把戏。门外车儿数十辆，轿儿数十乘，都一色挂着白彩，戴那天然的重孝。车夫匿在车篷里，轿役躲在轿门里，暂避这一天风雪。就中有两个轿役，一个唤作

1

江富，一个唤作谈贵，都是卫善人家里的值日靠班，抬着太太到城外来看夜戏。戏场不曾散，他们俩越等越冷，便都躲在轿门里暂时取暖。这乘暖轿内容很大，装饰也很华丽，左右挂着灰鼠挡风，中间垫着狼皮坐褥。上下轿帘都用骆驼绒做衬里，因此轿内轿外分别着两种天气。这乘轿儿共有四名轿役，轮流换抬。除却江富、谈贵，还有两名散轿役，曲背哈腰，长长地挂着清水鼻涕，只在戏院门口喝冷风。他们的资格还够不上在暖轿里暂时取暖。

江富盘着飞毛腿，趺坐在狼皮坐褥上面，谈贵矫着身，蹲在踏脚的衬垫上面，却把驼绒轿帘掩盖了下半截身子。趁着卫太太没有出场，重茵叠褥，由得他们暂时受用。

江富叹了一口气道："这个轿心子忒煞不体恤穷人，大风大雪，出来听什么夜戏？坐轿的也是人，抬轿的也是人，只恨错投了娘胎，罚我一辈子抬着人走。"

谈贵笑道："你别怨天恨地，只就现在的一时半刻，我们也做了轿心子。你坐着狼皮，我披着驼绒，大家的福分都不小。"

江富笑了一笑，又道："这个轿心子，臀凸肚翘，神气活现，其实满肚皮都是茅草。方才下轿时，瞧着牌上挂的戏名，半个字都不认识，倒叫我抬轿的念给坐轿的听。老谈，你想世事颠倒不颠倒？识字的抬轿，不识字的坐轿，真个倒尽了胃口，戮尽了霉头。"

谈贵道："世上颠倒的事多咧多咧，我和你识得几多字，便受些委屈也没妨碍。现在身掌重权，做那头儿脑儿尖儿顶儿的，你道是什么东西？拉马的也有，做强盗的也有，窑子里做乌龟提大茶壶的也有，越是不识字，越会走着好运。尽有许多通文识字的人，颠倒在不识字的手下办事，由他们呵来喝去，谁敢透一口气，放一个屁？"

话没说完，戏场早散，只听得两个挂鼻涕的轿役齐声唤一句"太太出来了"，慌得江富、谈贵都从轿门里钻将出来，立时点轿灯，提轿杠，忙作一团，伺候太太上轿。

这位卫太太约莫四十上下年纪，身材臃肿，约莫一百二三十斤的重量，披一件天马皮的旗袍，越显得硕大无朋。绕着一条全狐皮的围领，蓬蓬松松，把嘴巴都围在里面。那时一起行的还有笪公馆里的姨太太、石公馆里的三小姐，都是披着貂袖獭领的大衣，把两手藏在插袋里，和卫太太点头道别。卫太太把掩藏的嘴巴在狐毛里答谢道："明天再会。"说时，正刮起一阵大风，迎面吹来，把这"明天再会"四个字不知卷到哪里去，笪姨太太和石三小姐都不曾入耳。她们俩同坐一乘轿车，马蹄嘚嘚，踏破琼瑶而去，不在话下。

这位臃肿模样的卫太太，由使婢春香扶进轿门，春香自坐小轿，紧紧相随。这乘大轿着肩时，另由两名散轿役帮同扶杠，呐喊一声，就此开步。江富、谈贵暗暗地连声叫苦，前世做了什么孽，罚我今生抬着这一条牯牛，在大风雪的夜里跑路。两名散轿役，一名提灯引路，一名在后追随。跑不到两条巷，轮流换肩，早换了三五次。那时雪挟风势，风借雪威，专和这几个苦力人作对。江富、谈贵才从暖轿里钻出，便领略这风雪滋味，一暖一冷，恰似出了温台燠室，降入寒冰地狱。加着这乘轿儿又是逆风行走，轿顶上又压着积雪，凭你飞毛腿，也做了斗败的公鸡。

卫太太端坐在轿里，垂着轿帘，闭目凝神，只把那戏剧里的情节细细思索。隔了一会子，偶从轿帘镶嵌的玻璃里面向外看时，尚没有抬进这座闉门城关，立时拍着扶手板，乱骂靠班："你们这辈狗奴才、蠢众生，因甚百般走不快？踏死蚂蚁般地行路，回去时敲折你们的狗腿。"

轿役没奈何，把那吃乳的气力都使了出来，拼命和狂风大雪决斗。好容易抬进城关，又走了两条巷，才到了卫府的大门。论那卫太太这般的阔绰气概，她的住宅该是门墙高大，金漆辉煌，却又不然，六扇破旧的大门黯黯失色，门前一带照墙也是粉垩剥落，多年不曾刷新。门房里的跛脚老张听得打门声响，知道主母看戏回来，赶忙取了洋灯，伛偻着身体，一跷一拐地出来开门。身体瑟瑟缩缩，牙缝里唏唏作声，恰似吃辣椒般的声响。大门开放，冷风挟着雪花，直向里面扑来，把他手里的洋灯扑灭，亏得轿灯未灭，把那大小两乘轿儿照进轿厅。轿儿落地，卫太太不即出轿，却是春香先出轿门，急匆匆地跑到大轿前面，搀扶太太出轿，径向里面行走。

那时里面早得了消息，有一个面黄肌瘦的丫鬟掌着灯台，从备弄里迎将出来，来照太太入室。这般大冷天气，还穿着一件薄薄的旧棉衣，手里掌得住灯台，身上却掌不住寒气，一阵乱抖，抖得这火焰卜卜地跳。

卫太太骂道："阿莲蠢丫头，你是三文钱买的腌臭鲞——愈看愈不像。年纪枉活了十八岁，掌盏灯都不会。你的年纪都活在狗身上？"

那时春香从阿莲手里抢了这盏灯，努着白眼说道："饭桶，算了吧。"阿莲忍气吞声，光着两手，跟随她们到里面。原来春香和阿莲同是丫鬟，春香出身笪公馆，是笪姨太太赠给卫太太的，阿莲出身田家，是一个乡农把她抵押在卫宅的。两个人出身不同，所以卫太太的待遇使婢手段也是各不相同。

比及三个人从备弄里转入内厅，霎时间眼前一亮，原来春香把里面几盏电灯一齐开了火，灯光里照见雕梁画栋，焕然一新，比着外面的破旧门墙，相差很远。

那时厢房里履声橐橐里，走出一个五旬光景的干瘪老翁，头戴一顶七分旧的瓜皮棉帽，身穿一件青布棉袍，外罩一件元色布的马褂，脑后拖着一条辫子，走近人前，寒色可掬。人家不知道的，只道是哪里跑来的土老儿；人家知道的，便说切莫小觑他，这是赫赫有名的财主卫善人。

当下卫太太见了丈夫，便道："时候不早了，你还没有睡?"

善人笑道："太太没回来，我怎敢先睡?"

太太道："福官睡了吗?"

善人道："睡已多时了。小孩子不耐挨深夜。外面风又刮得紧，雪又下得大，我怕他沾受了寒气，叫他早睡。"

太太点头道："睡了也好。"

当下夫妇俩同入内室，太太前面走，善人后面跟，实行那妇唱夫随的主义。跨进卧房时，电灯照耀得同白昼一般，炉里的火恰正红喷喷地吐焰，比着暖轿里的温度又是不同。太太吩咐春香赶快替她脱绒帽、去领巾、卸旗袍，然后挪过肥胖身躯，和丈夫同坐在一块儿。相形之下，太太越显得肥胖，善人越显得干瘪。一个似浸胖的海绵，一个似晒干的枣子。一个身上披的巴黎狐皮

5

袄，闪闪生辉；一个身上披的青布旧棉袍，黯黯失色。然而休得小觑了这件青布旧棉袍，若论价值，却还在皮袄之上。表面是寒酸，内容是温暖。表面是深青色的土布，内容是一等道地的野鸭绒。

当时阿莲捧着金漆盘，盛着两碗热腾腾的燕窝粥，端到房门口，另由春香接受了，送给夫妇俩垫饥。

春香道："啊呀，这贱货真是饭桶，满满的两碗燕窝粥泼翻了不少，盘儿里都是粥汤，好不罪过。"

太太进门时正怪阿莲不会掌灯，一经春香挑拨，恰似炉中添炭，火上浇油，怎不怒气冲天？只道阿莲没好气，故意把粥儿泼翻，却不想到阿莲身上单薄，端碗时手腕颤动，自己也不能做主。

善人见太太着恼，便放下粥碗道："不须太太动怒，待我去问她。"嘴里说问她，实则不问情由，把阿莲踢了三脚，罚她在房外跪着。

阿莲冤气冲天，忍不住要哭。善人道："你敢哭，哭醒了床上的少爷，抽你的筋，剥你的皮。"

阿莲听着害怕，只得拼命地把哭声拉转。那时房里的夫妇霍落霍落地吃那燕窝粥，春香伺候完毕，自去安睡。打从阿莲身边经过时，还把手指抠着自己的眼皮，笑她今夜丢脸。阿莲低着头，怎敢计较，直待宅里的上下人等都已安寝，电灯火都熄了，她才敢从地上爬起，黑暗中摸进自己的房间，钻入破棉絮里，凄恫凄恫地哑哭。

欲知后事，且看下文。

第二回

着布衣善士居乡
捏雪像顽童赖学

　　书中说的卫善人端的是谁？乘他们酣睡的当儿，编书的腾出空闲，把这善人的家世约略补叙。从来相传的格言，叫作积善之家，必有余庆。卫善人的大名，便是余庆二字，只为累代相传，都做那慈善事业的领袖，所以人家不唤他作卫余庆，却唤他作卫善人。从前余庆的老子在世时，人家见了他老子，唤一声善人，见了余庆，唤一声小善人。现在他的老子死了，余庆又有了儿子，所以余庆便承袭了善人，儿子福官便承袭了小善人。卫氏门庭既是世袭罔替的善阀，平日没事时，掌管着好几处的慈善机关，分明是个善界伟人，一旦发生了水旱偏灾，各灾区的乞赈电报雪片也似的打到省里，省里的官员便要礼聘这位卫善人主持赈务。逢着放赈，也要请善人亲自出马，监督许多放赈员，散发钱米杂粮，以便灾民多受些实惠。自从余庆的祖父，直到自己本身，不知办了好几回的赈务。

　　毕竟善有善报，天不亏人，卫氏的家产便一天一天地膨胀起来。传到余庆手里，所有不动产动产，约莫计算，至少也值一百多万元。有些神经过敏的人，便疑到卫氏起家的原因，敢怕在赈款里面，多少总沾些油水。编书的却深信"善人是富"的一句经训，可谓颠扑不破。做了善人，合该殷富，致富的原因，不是一定要在赈款里侵吞的。古来相传的天赐黄金，雀衔明珠，致富之道，不一而足。敢怕卫善人起家发迹也是这般。

余庆先后娶过两个娘子，都是不久身故，没福做那善人太太。现在这位胖娘子，已是他的第三继室。娶到家里，已经过了十六度春秋。从前的娘子都无所出，现在的娘子单生一儿，乳名唤作福官，今年恰是一十四岁。大凡容易克妻的男子往往惩羹吹齑，端怕续娶的妻方又被阎王招去，所以对于后妻的爱护情形，往往胜过了前妻。俗语道得好，第一个吵，第二个宝，第三个不是驮定是抱。现在这位硕大肥胖的卫太太，断不是干瘪枣般的卫善人驮得住抱得动，然而驮虽不驮，抱虽不抱，爱护上面却是无微不至。

因爱生惧，理所固然，爱到十二分，便也惧到十二分。况且卫太太的娘家蔡氏又是个巨富之家，她又是个独养女儿，临嫁时拥着一副极厚的妆奁，遮莫有二三万金的价值。似这般锦上添花，余庆见了，怎不满怀欢喜？近年以来，卫太太的父母都已亡过，蔡姓财产没人承受，不知不觉便归并到卫姓手里。卫太太有财有势，益加把丈夫压得服服帖帖，不敢丝毫违拗。

夫妇俩的肥瘦既然不同，性质也是各别。余庆主张俭朴，太太性喜阔绰，专和那阔公馆里的眷属结交，不是打扑克、叉麻雀，定是吃大菜、看夜戏。卫姓的财产虽然丰富，门墙却甚破

8

旧，可见军阀和善阀绝对不同。军阀宜乎显赫，不显赫不能令人畏惧；善阀宜乎破旧，不破旧不以坚人信用。而且卫姓的家风，子子孙孙不得穿绸着绢，只为一丝一缕都由春蚕作茧而成，戕害了生物的性命，以供剪裁衣服的材料，仁人君子当然心存不忍。所以余庆在这大冷天气，外面只穿一件青布棉袍，人家见了，都说大善士爱惜物命，真不愧是菩萨般的心肠。谁料袍子里面的材料，至少也有一二千只的野鸭死在暗地里，白白地做了牺牲。

补叙已毕，再说卫太太看戏回来，一枕黑甜，直到次日的晌午时分，方才遽然梦醒。她起身时，家里的人早起来了好一会儿工夫。余庆自到账房里和那司账李逢辰稽核出入账目，盘珠声滴滴答答雨点般地响个不歇。福官本延着西席，在家训读，只为这几天福官害着头疼，不上书房，所以西席卜先生自回家里，待学生病愈了再来上课。宅里的佣妇丫鬟听得太太起身，恰似元帅升坐中军帐，麾下的大小将领谁敢不站立两旁，听候号令？张妈打脸水，王妈装水烟，春香送牛乳、进鸡汁，各司其事，都替这位胖太太效奔走。唯有阿莲专做些粗笨职役，扫地抹桌，掇马桶，净痰盂。她又啜泣了半宿，两只眼睛还似核桃般地肿起。

那时雪阵已止，天气兀自严冷，一个个檐牙上面，都顶着一尺多高的白帽子，照耀得玻璃窗里十分晓亮。目眩银海，险些儿抬不起眼皮。窗外几棵绿萼梅，树枝权丫，模样异常清瘦。自经一夜大雪，顿增长了寸许肌肉，痴肥臃肿，和这位胖太太一般无二。阿莲正洗净了白铜痰盂，贮着半盂清水，在廊下低头行走，冷不防眼前一亮，早见一个西瓜般大的白色东西迎面打来，赶把头儿向后一仰，胸前正打个着。说时迟，那时快，啊呀一声，扑地向后便倒，白铜痰盂滚落一旁，里面的清水完全都泼翻在身上，直把衣襟浸个尽湿。阿莲正待叫喊，尚没出口，却听得院子里一片拍掌喧笑声，这是小主人抛着雪球，有意和她开玩笑。没奈何，忍气吞声，从地上爬将起来，把衣襟抖一下子，身上的大小雪块可以扑去，被水打湿的衣襟却没法使它干燥。当时顾不得什么，赶把痰盂拾起，端详一遍，亏得不曾打瘪。扭转身躯，捧着痰盂，再回去取清水。若不是走得快，第二个雪球又将给她受用。

原来福官放着学，没事可干，拼着一番工夫，正在院子里堆叠雪人。身躯堆叠好了，只有一个头颅，几番安置不牢，恰见阿莲从廊下跑来，他便提起雪人头，向着阿莲抛去，果把阿莲打倒在地，他怎不拍手大笑。一次打中了，他又重捏一个雪球，试试第二次的目力。待要抛时，阿莲早离了廊下，他也只得作罢，却唤一声"便宜了这个丫头"，当下又把雪球捏弄一番，装在雪人颈上。果然被他安置妥帖，细细地端详一下子，不觉好笑起来道："这个雪人儿又肥又胖，活像我的妈妈。"

在这当儿，忽听得廊下有人高唤道："福少爷，原来你在这里，太太唤你去有话讲。"

举目看时，便是家里雇用的王妈。福官道："来来来，你说太太，这便是太太。"说时手指着雪人给王妈看。

王妈笑道："这便是太太吗？我们的太太，肥却有这么肥，没有那么白。"

当下福官随着王妈同到里边，卫太太靠着妆台坐下，背后立着春香，正把她发髻打开，上一梳下一梳地替她通头。卫太太不必回转头颅，早从镜子里瞧见了儿子进来，便道："好孩子，你今天头疼不头疼？"

福官摇头道："不不。"又道，"妈妈，说也稀奇，我在书房里多坐一时半刻，头脑里面便似刀劈一般地疼痛。这几天来，我只在别处玩耍，只不敢向书房里走动，头疼的毛病被我躲过，果然大好了。只不知将来进了书房，可要旧病重发？"

太太道："这都是你的老子不道地，我早说安砚读书的地方，不是随随便便可以将就过去的，须得拣着天德月德吉神喜神的大好日子，请着阴阳先生到家，捧着格盘，格准了方向，这么一下子，才可避得年灾月晦。偏是这个吝啬鬼爱惜小费，不依着我这么干，倒累我孩子害着几回头疼。"

福官道："从此不上书房，这毛病便不会再发。"

太太想了一想道："你年纪尚轻，书房是不能不上的。横竖今年剩得没多几天了，你又毛病新好，便不上书房也不妨事。到了明年新正月，我便要延请头等有名的阴阳先生，细细地在家里瞧一下子。横竖我们的宅子大，这所书房不吉利，便另换了一所，打什么紧？"

福官听说今年不上书房，满怀欢喜，暗思过了今年，且到明年别做计较。太太在镜子里又把儿子的面庞端详了一遍，见他长得肥头胖耳，白嫩的脸蛋儿透出红喷喷的颜色，年纪虽只十四岁，身材却和成人相仿。似这般的模样，端不愧富贵人家的儿郎。一时爱到极点，把儿子唤到自己身边，勾住他的头颈，嗅了一会儿，脸又凑过头去，附着儿子的耳朵道："好儿子，那天和你讲的话，今天便要在你老子面前开谈。假如老子有话问你时，你只依着我的话回答，包管这事一说便成，遂你的心愿。"

福官听到这里，益加心花怒放，唤了几声"好妈妈"，便也凑过头去，把娘的脸蛋乱嗅了一会子。春香见他们这般情形，停着梳儿，掌不住地好笑，只是已经疏通的头发，经这么相偎相傍，却又揉得乱了，免不得耐着性儿，重费一会子梳栉的工夫。

毕竟太太在儿子耳朵边说些什么哑谜？编书的先把来揭破了，以便提清主脑，点明眉目。原来太太在家里，养尊处优，颐指气使，件件般般都是称心遂意，只有一件事，未免美中不足。她和城内城外的乡绅夫人、公馆太太往来酬酢是很忙的，若论豪富情形，人家都比不上她。但有一层，她也比不上人家。常见年纪不满四旬的太太都抱着孙儿在膝上玩弄，心儿肝儿地乱唤，引逗那孩子嬉笑。又见那些年轻的媳妇娘子在旁边伺候姑嫜，婆婆长婆婆短，和颜悦色，叫得怪亲热的。相形之下，直把卫太太两只眼睛逼得热气烘烘，和出笼的馒头一般。更兼福官虽不喜欢读书，却爱听人家演讲弹词小说，曾私下里向他的娘要求道："怎么小说里的公子都不满十四岁便娶了夫人，我这么大的年纪，爹爹妈妈还不给我讨老婆？"太太见儿子已明了人道，暗暗欢喜。这番待和丈夫开谈的，便是儿子的结婚问题。

比及梳头完毕，便差张妈去请老爷进来，商议要事。张妈去了一会子，回来复命道："老爷正在账房里发怒，停一刻才能进来。"

太太问因甚发怒，张妈道："阿莲的老子想把他女儿赎回去，老爷知晓了，便烘烘地发起怒来。"

欲知后事，且阅下文。

第三回

走长途冲冒风雪
诉薄命遭际冰霜

　　阿莲的老子，便是农民沈根生。住在一个乡村里，靠着耕种几亩租田度日子。寅年吃了卯年粮，剜肉医疮，扭嘴豁鼻，直把他穷得狗肝都出。没奈何把十五岁的女儿抵押在卫善人家里做使婢，言定三年为限，逾限不赎，便算绝卖。

　　他自把阿莲抵押之后，家里的老婆思念女儿，忧郁成病，不上一年便死了。根生形单影只，没瞅没睬，便赌气不再种田，却把几亩租田让给别人承种，自己在木渎镇上做个小本营生的负贩。只因孑然一身，倒减轻了许多负担。铢积寸累，手头倒有了几十块钱的储蓄。便想到亡过的老婆，没法把她招回阳世，抵给人家的女儿，终须把她赎回家里，父女俩厮守度日，也可免却多少凄凉。这个女儿在家时，很孝顺着父母，忽忽三年，不曾会面，她已是十八岁了。赎归家里时，做些女工，也好度日，不至跟着老子吃死饭。将来拣着一个称意的女婿，和她做一对儿，也算了却我一桩心事。掐指算来，本年十二月十三日，恰是抵押期

14

满的日子，抵押的身价银五十元，连本及利，须预备着七十五元，才能把女儿赎回。他这两年的储蓄拢共不满六十元，好容易挪挪凑凑，才满了这个数目。

比及款项凑集的当儿，恰是十二月十三日。他带着款项，上城取赎女儿，却又天公不作美，刮地北风，疏疏地飘下雪花。木渎离城十余里，往来的船只稀少，都要躲过这一场风雪，才肯开行。要走陆路，这条又狭又长的塘岸，两旁都没有遮蔽，冒着风雪在这阡陌上行走，端的十分困难。

他上道的当儿，旁人都向他劝阻道："你何必忙在一朝？且待风雪停了再走，也不为迟。便算限期局促，错过一两天，想没妨碍。况且姓卫的又是赫赫有名的善人，善人总存着善心，有什么通融不得？你何消这般着急？"

根生听了，终究放心不下。等过了半天，风也没有停，雪也没有止，他便怀里揣着银圆，拼命和风雪奋斗，勉强上道，只指望早早到了苏州，交纳款项，赎回女儿。三年不曾会面的父女，今天相见了，须把满肚皮的话倾倒一个净尽。脚下快一步，便是见面早一刻。从前没钱取赎，想念煞也不得见面，今天凑集了款项，怎便可以延挨得？休说上天降的是雪，便算降的是铁，也只得硬着头皮，到苏州去走一遭。

根生心里这般想，亘耐上了道路，只叫得一声苦也。猎猎的北风迎面吹来，面皮上似受了箭镞，两只耳朵和割去一般地疼痛。道上不逢着行人，只听得靠山的树木呜呜地怪响。这一阵风声刮得厉害，仿佛三五条老龙齐吟，七八只猛虎同啸。他脚下待要赶紧几步，只恨风姨和他恶作剧，拼命地前挡驾。初走时雪势

15

还小，比及走上塘岸，鹅毛也似的雪片竟越飞越密起来。风姨借着雪势，益发飞扬跋扈，不可一世。走不上半里路，猛听得豁喇一声，手里执着的一柄旧雨伞竟变作了反面无情。怎叫作反面无情？原来伞面掌不住风势，竟朝天反罩起来，里面的伞骨根根都脱离了关系。根生喊声啊呀，收拾了破伞，挟在腋窝里，冒着雪向前行走。

又走不到一里路，头上戴的破毡笠子也被风姨掀去，赶忙抢取时，哪里来得及？这毡笠子随着风势，飘飘荡荡，几个鹞鹰翻身，直扑到河水里面。那时水势很急，随波逐浪，早不知流到哪里去了。根生摸着光头颅，不敢骂风，却骂那革命军害人。怎说是革命军害人？原来脑后拖的一条发辫，要是不经革命军强迫剪去，只消在毡笠上盘绕几下，便似扁舟系着铁索，凭你什么大风，再也不能吹去。

话休烦絮，且说根生冒着风雪，赶到横塘镇上，约莫向晚时分，手脚都冻得僵了，身上黏沾着雪花，和棉花老寿星一般无二，只得钻入一家小茶寮，暂躲片刻。赶把身上雪花一阵乱扑，茶博士问他可要泡茶，他把头儿乱点，只因两颊吹得僵僵的，轻易不得开口。比及送上热水，洗了一个脸，面皮恢复了原状，可以自由讲话，他便问着茶博士，这里可觅得到什么便船，搭附到胥门上岸。茶博士尚没答话，那时有一个乡农正向着茶炉子取暖，倏地回转头来道："咦，你不是根生哥吗？冒着大风雪，跑到这里来做甚？"

根生举目看时，却是三年前的邻人王老三。当下便把出门缘由说了一遍，又说一心要赶到城里，只恨风雪拦阻，不便行走，待要觅只便船，一时又觅不到。

老三道："大风雪里面，哪有什么便船？便是航船也停班不开。"

根生道："没奈何，只索拼着性命，再向前面行走。"

老三道："根生哥，这是万万走不得。一条胥门塘，又长又狭，左边靠着田，右边靠着河，风吹雪打，都没躲闪。时候又快要黑暗了，怎么可以走得？便算勉强到了胥门，也不及进城，便算进了城，人家也都关门下闩，你也不及和卫善人见面。"

根生听了，踌躇莫决，老三便邀根生在他家里住宿，躲过了一夜风雪，明天再做计较。根生没奈何，便在老三家里过了一宿。到了来朝，果然风停雪止，老三便替他觅到一只便船，又借给他一顶毡笠。根生连连道谢，却把破雨伞留在老三家里，匆促作别，搭船直到胥门上岸，急急忙忙径到卫宅。

先在门房口舒头探脑般地打个问讯，看门的跛脚老张一跷一拐地走将出来，问明来意，便说时候很早，老爷太太都没有起身，你且到左近小寮里喝过几碗开水，挨过一两点钟，再来听信。根生又央托他唤女儿出来，和自己会话。老张摇头道："这家法森严，岂可造次？须得禀明了主人，才能领着使婢和家族相见。"

根生百般央求，又把三年里的挂念情形从头细诉。老张本是软心人，听他说得凄惨，不禁打动心坎，便道："你要和阿莲会面，一不许啼啼哭哭，惹人憎厌；二不许絮絮叨叨，讲个无休无歇；三不许离开这所宅子，只准在门房里会面。你若依得这三件，我便发个善心，唤她和你相见。"

根生忙不迭地诺诺答应，才见老张锁上了房门，一跛一拐地进去。隔了一会子，里面一阵脚步起，早见三年不曾会面的阿莲三脚两步地奔将出来。根生心里陡地一跳，怎么女儿在卫善人家吃了三年饭，身材长短和三年前没两样，却把浑身的肌肉都吃得瘦了？

阿莲见了老子，忍不住眼中掉泪，呜呜咽咽地说道："爹爹，你原来还活着吗？我听人传说，在这三年里，爹爹妈妈都没了。我只道一辈子不得见面，谢天谢地，你还好端端地活着。妈妈呢？"

根生揩泪道："你妈真个死了。好孩子，你别伤心，我这番备着银钱，赎取你回家……"

那时老张跷跷拐拐地从里面走出，连连摇手道："别在这里讲话，有话到门房里讲。"当下开了房门，先让父女俩入内，自己拖条板凳，却在门口坐定，连连嘱咐道，"你们有话快讲，讲时须放低着声调。这里出入人多，被人知晓了，禀告老爷，只说我容留外人和内里的使婢相会，我便担不起这个干系。"

阿莲道："张伯伯但请放心，我们一切都理会得。"

当下父女俩把三年里的情形，约略说得几句。根生握着阿莲的手道："这般大冷天气，你怎么穿得没多几件衣服？啊呀，你怎么瘦得只剩一把骨头？你手腕上一块紫一块青的是什么？主人待你怎么样？好孩子，苦了你了。"

阿莲把满肚皮的委屈都填塞了喉咙，凄恫凄恫，忍不住地要哭。这一哭不打紧，直把跛脚老张吓得毛发都竖，忙说："使不得，使不得，老爷快要起身了，你别在这里耽搁，且到里面伺候则个。"说时，恰听得里面的王妈一迭声地呼唤阿莲，老张怎敢怠慢，推推搡搡，把阿莲推出了门房。阿莲拭着涕泪，自回里面。老张透了一口气道："险极险极，险些儿热心肠招揽是非多。"

根生又央告老张，请他快去禀告主人，说沈根生前来赎取女儿回家。老张道："且慢且慢，老爷每日起身，须在佛龛前点着三炷香，念过几卷经，才吃点心。又要到园子里散步一会儿，才进账房里和李师爷讲话。要是老爷不进账房，任凭什么事也不得进去通报。"

根生没奈何，只得耐着性子，在门房里坐候。约莫候了两点钟光景，老张道："老爷已进了账房，你随我来。"

根生便跟着老张同出门房，走到轿厅左右。老张道："你暂立一下子，老爷唤你时，你再进见。"

根生没奈何，停了脚步，隔了片刻，又见老张从里面出来道："老爷正在账房里查对账目，没暇和你相见。且待账目查清了，再唤你讲话。"

根生倒抽了一口气，暗思急惊风遇着慢郎中，只得磨细了肚肠，再等一会子。当下退入门房，又等了半点钟，才听得里面传唤沈根生讲话。根生跟着传唤的人直达账房，唤了一声老爷。卫善人问道："你便是沈根生吗？"

根生站立着，连声道是。善人回头看那司账道："逢辰，你把账簿来检查，沈根生名下，合该本利若干元？"

那时有个紫棠色面皮、撇着两抹短髭的司账先生，听得主人吩咐，怎敢怠慢，长长地应了一个是字，赶忙开账箱，检账簿，检出一行字，伛偻着身体，送给主人过目道："佃农沈根生，抵押女儿一口，名唤阿莲，限本年十二月十三日期满。"

善人抬起头来，瞧了一瞧日历牌，便道："根生，你真糊涂，限期已满，还来赎什么女儿？"

根生诉说昨天雪阻的情形，央求通融办理。善人只是摇头不理。根生没奈何，跪倒在地道："卫老爷是积善人家，多少总要施行些方便。人心都是肉做的，看我冒着大风大雪，前来赎取女儿，你老爷也该存着一点善心，完全我们的骨肉。"

善人听了，拍着桌子，连骂着"放屁放屁"。那时张妈正奉着主母的命，来唤老爷讲话。善人道："你请太太暂等一下子，等我驱逐了这个混账人，再和太太谈话。"

张妈答应，自回里面。根生见善人发怒，便伏在地上，连连磕头。

欲知后事，且阅下文。

第四回

烘煤灶惨遇狼婆子
动喜星迷信瞎先生

　　卫太太得了张妈的报告，不觉诧异道："这老头儿真好笑，没来由发什么怒？全不想自己是什么样的身份，却和乡下的穷鬼争闲气。"又把手指向上一指，向下一指道，"老头儿宛比是头顶上的青云，阿莲的老子宛比是脚底下的污泥，一上一下，相去出有十万八千里。张妈，你可见头顶上的青云和那脚底下的污泥，两下里斗起嘴来？"

　　张妈不住地把头乱点。卫太太又道："老头儿和这乡下穷鬼，虽然同是一个人，老头儿在众人里面算得是头儿脑儿尖儿顶儿，阿莲的老子只不过是一个起码人。起码人上门来赎女儿，他有钱由他赎去，他没钱一顿乱棒把他打出大门。老头儿有多大的精神，值得和起码人面红颈赤，争这闲气？"

　　张妈道："好叫太太得知，阿莲的老子备钱赎女，错误了一天的限期，老爷不许他取赎，他却死赖在地上，定要老爷允许了才肯起来，不由老爷不发怒。"

卫太太骂道："狗一般的起码人，真不要脸！拦地十八滚，亏他干得出！他早知要把女儿赎回，因甚直到今天才上门？真叫作一年四季昏懂懂，六月初三下稻种。"说到这里，忽向张妈道，"这个贱丫头因甚不在面前？你快去找来，没的鬼鬼祟祟被这起码人诱引出门，折了我们的本钱。"

却说阿莲和她老子在门房相见，才讲得几句话，便被人唤了进去，伺候老爷起身。接着又是少爷起身、太太起身，掇马桶、倒便壶，忙个不了。后来捧着痰盂在廊下行走，又被恶作剧的福官扑得她身上湿淋淋，和落汤鸡一般。她便抽个空儿，下死劲地拧那水渍，一时哪里拧得干，又没有别件衣服可以换得。似这般大冷天天气，衣服单薄，本来冻得战战兢兢，怎禁得雪上加霜，又添了半身水渍。没奈何走到煤灶旁边，靠近灶火，烘那身上的湿衣。一壁烘一壁肚里打量，我只道一辈子不得和爹娘会面，原来爹爹不曾死，却备了钱把我取赎。我受了三年的磨折，痛苦和海一般深，不料也有灾满的日子。只可怜我苦命的亲娘却背着我走了。想到这里，禁不住雨点般的眼泪一颗颗打落胸襟。水渍不曾全干，却又添上了一块泪渍。

蓦听得耳朵边喝彩似的喝起好来，直把阿莲的心吓得怦怦地跳。原来狐假虎威的狼婆子，奉着主母的命，各处找觅阿莲，找觅不见，心中正自着恼。比及找到这里，却见阿莲靠着煤灶，一个人烤火取暖。张妈暗想这丫头倒会取乐，丢却事情不干，光着两手，却在这里烘火炉，待我放低了脚步，吓她一吓。当下蹑手蹑脚，掩近阿莲身边，凑过头去，在她耳朵边喝起一个"好"字，怎不把她吓得乱跳？回转头来，见张妈睁圆眼睛，板起面孔，阿莲益加瑟瑟缩缩，浑身乱抖。阿莲惧怕张妈，比着卫太太还胜过三分。向来主母把她拷打，都由张妈动手，真叫作阎王好见，小鬼难当。所以她见了张妈，被这积威所劫，只有发抖，却不敢道一言半语。

张妈道："好，好，太太在那边觅你，你倒在这里烤火。你命里该烤火时，也不卖给人家做丫头了。你不快走，我便要提起火钳，烫你的脚骨，也叫你尝尝烤火的滋味。"

阿莲忍气吞声，跟着张妈便走，心里兀自奇怪，爹爹备钱来赎我，怎么隔了好一会儿工夫，还不把我领回家去？这般地狱也似的日子，早离一刻，便少受一刻的磨折。

卫太太见着阿莲，没好声地骂道："没廉耻的贱婢，你背着我的面，干什么勾当？"

张妈插嘴道："她忘却了自己是什么身份，眼看别人忙忙碌碌，她却逍遥自在，一个人在炉边烤火。"

阿莲声辩道："太太，我并没有贪懒，只为身上湿淋淋，熬不住冷气，才在煤灶边把湿衣烘一下子。"

卫太太又骂道："嚼舌根的下贱东西，你扯什么谎？你又不曾落水，怎会身上湿淋淋？"

阿莲道："我在廊下里走……"正待向下说，却见太太背后立着小主人福官，向她努着目扬着拳头。阿莲又吃一吓，便不敢向下说。

卫太太只道她干了亏心事，满口支吾，便道："贱骨头，一天不打，你便要骨头作痒。"

张妈听得一个打字，两只手左右开弓，啪啪地把阿莲没头没

23

脸地乱打。阿莲捧着脑袋，喊起撞天的冤屈。福官笑得合不拢嘴，只是幸灾乐祸，连连拍手。

正在喧闹的当儿，只听得春香唤一声"老爷进来"，张妈方才住着手，把阿莲喝退一旁，不许啼哭。阿莲果然止着哭，暗想老爷进来，莫非是唤我回家？阿弥陀佛，这般地狱也似的日子，早离一刻，便少受一刻的磨折。

卫善人坐定后，先问里面因甚喧闹。张妈把方才的事报告一遍，卫善人叹了一口气道："有是父必有是女，真叫作龙生龙凤生凤，贼养的儿子掘壁洞。"

卫太太问道："穷鬼上门赎女儿，可曾许他赎去？"

善人摇头道："天下怎有这般容易的事，他要赎女儿，谁叫他错过限期。须知做押局的限期取赎，逾限没收，这是从古以来打出的规例，无论至亲好友，都要照例行事，怎便可以丝毫通融？我把这层意思向他开导，无奈他执迷不悟，趴在地上，赖着不肯走。那时恼动了吾的性子，把他一顿臭骂。他便使出江湖上哀党的行径，一把鼻涕一把眼泪，竟在账房里匹苏起来。亏得李逢辰想出计较，唤进门前的岗警，把他拦头拦面几下木棒，他得了痛苦，方才服服帖帖跟着岗警出门，到了局子里，还要定他一个借端索诈的罪名，把铁链锁住了，罚做三个月苦工……"

说到这里，猛听得一声"啊呀"，哀鸿也似的叫将起来，接着扑通一声，可怜的阿莲一跤跌翻在地。

卫太太骂道："该死的贱人，好端端地站着，怎会扑翻在地？张妈取棒来，打折她的狗腿。"

张妈奉着主命，麦柴当作令箭一般，真个抢条门闩，提得高高的，觑准她的双腿，待要着力痛打，却被王妈一把拖住道："且慢且慢，你看她牙关紧咬，面皮都变了颜色，敢怕是晕了过去，万万打不得。"

经这一说，大家都向着阿莲注目。果见她眼珠仰翻，面色如土。善人跌足叹气道："早知如此，便该由她老子备钱赎回。现在眼看她死去，别事不打紧，这本利银七十五元，叫我从何处取偿？"

卫太太道："啊咦，我只听得娇怯怯的千金小姐受了惊恐，容易晕去。她是一个蠢丫头，怎么也会晕去？"

福官把阿莲踢了一脚，依旧直僵僵不动，心中害怕，才不敢踢第二脚。张妈倒提了门闩，只是呆看。王妈摸着阿莲的胸口，连说："不碍不碍，放她在床上，少刻便会回转气来。"

当下善人便吩咐张王二妈把阿莲抬进下房，安置在床上破棉胎里。不多片刻，果然回转气来。善人心头宽慰，这本利银七十五元，幸不曾断绝希望了。太太唤王妈装了几袋水烟，笑吟吟地向她丈夫道："今天正有一桩重大事情，和你商议。不料出了这个岔儿，打断了我们说话机会。"

善人道："无论什么事情，只要太太定了主张，断然没有错误，我只遵办便是了。"

太太笑道："若论寻常的事情，我定了主张，怕你不依头顺脑，听我的命令？唯有这桩事，你我都有一半的权柄，我占着一大半，你占着一小半。我不好独断专行，把你的一小半的权柄尽行吞没了。所以提起这桩事，须得唤你进来商量一下子。"

善人也笑道："太太别和我闹这客套，你爱怎么干便怎么干。

譬如众人合开的公司，太太是大股东，区区是小股东。小股东的权利便全数让给了大股东也没妨碍。"

太太把脸儿一沉，破口大骂道："老糊涂，你嘴里嘈的是什么？简直是放屁，便是放屁也没有这般的恶臭。你没的什么相比，却把众人合开的公司来相比。老糊涂，你敢莫被鬼摸了头脑，才说出屁也不值的浑话。你拉长着耳朵，听我老实讲吧。这是我们夫妇俩合开的私司，不是众人合开的公司。公司里的股东，愈多愈妙，私司里的股东除却你我，再没有第三个人，要是有了第三个人，老糊涂，你怎有颜面见人？只好缩头缩尾，一辈子在阴沟洞里过活。"

善人挨了臭骂，依旧赔着笑脸道："太太有话便请吩咐，没的绕这远道儿，叫人听了不明白。"

太太仔细一想，自己肚里也觉好笑，我不曾说破这桩事，难怪他不明白，我倒错怪了他。当下收拾了方才的怒容，和声柔气地说道："我和你商议的便是福官完姻的事。你今年已是五十一岁，我比你轻十年，也是四旬以外的人了。人家似你这般年纪，孙媳妇都进了门，曾孙儿也要出世。偏你没有这般好福分，冷冷清清，尚没有人唤你一声公公。落在刻薄人嘴里，难保不说你面子上是个善人，暗地里不知做了什么孽，罚你下代不兴旺。我想福儿的年纪叫大不大，叫小也不小，交了新年，便是十五岁。依我的心里，最好乘着明年大正月，把石家的三小姐娶了过来，要是喜气冲冲，朝数里便得了胎，明年九十月里，你我便有抱孙的巴望。我也曾请过瞎子先生，把福儿的命宫推算。据说一交正月，红鸾天喜星高照命宫，在这当儿成就了百岁姻缘，一辈子夫荣妻贵，白头到老，真是天大的喜事。况且孩子的喜星一经发动，万万错误不得。要是不把喜事来干，那么喜星变作了灾星，将来懊悔也嫌迟。"

善人沉吟半晌道："太太的话虑得很是。孩子的亲事，我也想早早替他玉成。但是下月便把喜事来干，休说为期太促，赶办不及，便替孩子身上着想，一来柔筋脆骨，还没到做丈夫的年岁，二来又正在读书时代，一做了亲，怎肯再去用功读书？"

太太道："你别把福官看得和小孩子一般，他是人小志不小了。"说时又回头吩咐福官道，"你别害臊，有话只向你爹爹说。鼓不打不响，话不说不明，好孩子，你便老实讲吧。"

欲知后事，且阅下文。

第五回

破疑云喁喁谈暗病
传心电絮絮说风情

　　福官嬉皮顽脸，只是眨眨眼睛，牵牵嘴唇，隔了良久，却不曾说什么。卫太太道："好孩子，别害臊，快快说咧。你背着老子，伯劳伯劳什么话都肯说，见着老子却不作声，嘴唇上贴着封皮似的。老子又不是你肚里的蛔虫，你不说他怎会知晓？好孩子，你害的什么暗毛病，别害臊，快快说咧。"

　　善人睁圆了双目，慌慌张张地问道："你、你端的害着什么暗毛病？怎么我一向不曾知晓？"

　　福官垂着头儿，双手弄着衣角，嘴里嘤嘤嗡嗡，又似蚊虫叫，又似苍蝇鸣。善人听了半晌，一个字都不曾入耳，便道："好孩子，你清清楚楚讲给我听，端的害着什么暗毛病？"

　　福官才没精打采地说道："我在那一夜，睡到三更，做了一个怪梦……"说到这里，又缩住不说。善人催促得紧，他却越说得慢。善人问一声，他才答一句。

　　"你做的什么怪梦？"

"梦见一个美女……"

"什么样的美女？"

"和月份牌上一个样儿的美女……"

"你见了美女便怎样？"

"我很爱她……"

"美女见了你便怎样？"

"她也很爱我……"

"后来便怎样？"

福官又是一阵的嘤嘤嗡嗡，不知说些什么话。善人道："咦，奇怪的孩子，怎么说以要紧当儿，却又含糊起来？"

卫太太啐了一口道："你真是个老糊涂，怎么推车撞壁，只管盘问不休？打碎乌盆问到底，乌盆碎了共有几块底？他梦里和美人儿相亲相爱，以下的说话叫作'明人不消细说'。这小孩子又老实，又面重，梦里的情形怎肯向你实说？他的面皮吹弹得破，不比你的面皮，厚得和城墙一般。"

说到这里，旁边的仆妇丫鬟都抿着嘴儿，十分好笑。太太又道："梦里的情形，你不必多问，单问他梦醒以后便怎么样。"

善人道："好孩子，你梦醒以后便怎么样？"

福官吞吞吐吐地说道："梦醒以后，便得了一个暗毛病，直到现在还没有好。"

善人忙问道："你的暗毛病可是……"

却被太太喝住道："老糊涂，你又要问些什么来？你不见仆妇丫鬟都站立在这里，怎好直言谈相，一些儿没有顾忌？"

善人搔头摸耳一会子，连叹了几口气，皱眉说道："不料小小的孩子，竟害着成人的毛病。我在十四岁的当儿，除却吃饭睡觉游戏，什么事都不理会。"

太太道："他怎好和你比？这叫作一个时代自有一个格局。现在的小孩子比着从前你我做小孩子时，玲珑乖巧了许多，难怪他早开了知识。便是他既有了这种暗毛病，我们做父母的，也该替他早早想个法儿。"

善人道："赶快延医调理，总望这毛病早早脱根。"

太太道："别的毛病须得延医调理，这个暗毛病延医是没效的。不如赶快拣个大吉日，把石家三小姐迎娶进门，这便是一等那摩温的好医生。"

善人沉吟道："太太说得是，除却这么干，也没有第二个方法可以干得。但有一层，好生委决不下。孩子读得没多几本书，平日又时时旷课，要是娶了娘子，再唤他进书房去念书，只怕牵牛下井，一些儿不生效力。"

太太向儿子使了几个眼色，福官会意，便涎着脸说道："爹爹不替我干喜事，我便心坎里摇摇荡荡，再没有情绪去念书。爹爹肯替我干喜事，我的心思也定了，暗毛病也好了，包管一天到晚，坐在书房里用功念书，除却节假年假以外，决不旷课。好爹爹，你只依着我干。"

善人听了，又好气又好笑道："你不过十四岁的孩子，人家四十岁没娶老婆，也没有这般穷形极态，大闹饥荒。"说时，长长地抽了一口气。

福官受了他老子的奚落，把袖儿遮着脸，呜呜地哭将起来。太太指着她丈夫骂道："你这老糊涂，脂油蒙了你的窍，顽痰迷了你的心，亏你嚼出这般浑话！你笑他大闹饥荒，可知道你的饥荒闹得比他还大。你死了一个老婆，又娶第二个，死了两个老婆，又娶第三个，你又人老性不老，心心挂念，指望讨几个妖妖娆娆的小老婆和你做伴。不是我管束得紧，只怕成群结队的小老婆早塞满了屋子。你有嘴说别人，没嘴说自己，你枉做了老子，全没有老子的榜样。他不肯向你说实话，你强逼他说，他说了实话，你又取笑他。难怪孩子不服气，哭个不歇。我不是袒护着小的，把你排揎，其实三个人抬不过一个理字，有理便打得太公。我这一颗心，天平也似的公平，老的错说老的，小的错说小的。现在小的并没错失，都是你老的不是，你快把娶媳的事完全应允了，也好叫小的听了平平胸头的闷气。"

太太说时，嘴里叽叽呱呱，比嚼炒豆还要松脆。善人受了内务部一顿申斥，只有唯唯诺诺，怎敢道个不字，早把这桩紧要议案完全通过。

福官本是假哭，现在却变了真笑，一张嘴儿似喇叭花一般开放。比及善人到了外边，里面的仆妇丫鬟都拥着福官，连连贺喜，一片声的新少爷，叫得怪响。却把这喜星发动的卫福官叫得浑身酥麻，和烂泥菩萨落在汤罐里一般。

后来太太乘着左右没人，唤进福官，悄悄地说道："我替你想出的计策好不好，灵不灵？要不是这番说法，你老子怎肯便依？"

福官道："妈妈教我的说话，句句都懂得，只有一句不明白。你教我向爹爹说，近来害着暗毛病，说便说了，我心里兀自糊糊涂涂，猜不透其中的意思。妈妈，什么叫作暗毛病，你快讲给我听。"说时猴在他母亲身上，立候回答。

太太道："怪重的孩子，快休这般，免得闪了我的腰。横竖一两个月内，你便要做亲，什么暗毛病明毛病，到了那时自会知晓，怎么炒虾等不及红，却向做娘的胡缠？"

太太越是这般说，福官越是要寻根索果，不肯便休，倒在太太怀里一阵乱扭。把太太扭得气喘吁吁，毕竟拗不过儿子，半嗔半笑地说道："冤家的，凑过耳朵来，向你说了吧。"当下唧唧哝哝地便把暗毛病的底细一一向儿子说了。福官闻所未闻，猪八戒吃人参果，算得是第一遭，知识界上又增进了一番教训。

善人自经内务部一顿申斥，怎敢怠慢，择定正月十八的吉期，替儿子赶办喜事。限期局促，把家里上下人等忙得不亦乐乎。唯有福官无事可干，单单预备这空闲身体，早早和石三小姐交杯合卺，成一对儿。他和石三小姐也曾见过数面，只不曾畅谈过心事。他想自己这般快活，三小姐那边料想也和自己一般快活。

他正在盘算的当儿，却见春香笑嘻嘻地来报道："福少爷，快去接电话，说是三小姐亲自打的，叫你亲自去接。"福官满怀欢喜，赶快去接电话，且听且说，一对未婚小夫妻立时通起话来。

他说道："你可是三姐姐？"

听道："我便是你的三姐姐，你可是我的福弟弟？"

说道："是的是的。"

听道："我的亲爱的福弟，听说我们的吉期拣的是正月十八日，这个消息确不确？"

说道："确的，明儿便要备着红帖，送到府上。"

听道："福弟弟，你的心里快活不快活？"

说道："快活的。"

听道："怎样的快活？"

说道："这个……我却说不出。"

听道："咦？怎么说不出？亲爱的福弟弟，我来讲给你听。我得了这个消息，我这一颗心，恰和糖浇蜜渍似的。你的心可和我一个样儿？"

说道："和你一个样儿。"

听道："我亲亲热热地唤你一声甜蜜心肝，你该回我一声什么？"

说道："回你一声三姐姐。"

听道："你该回我一声甜蜜心肝的三姐姐。"

说道："这个……我却说不出。"

听道："那便没趣了。福弟弟，和你再会。"

嘀铃铃几声，电话便告终。

这位石三小姐端的是谁？本书第一回，早已提起她的名字。十二月十三日大风雪的一夜，陪着卫太太和石姨太看戏的，便是这位三小姐。她的年龄比福官大着两岁，她的知识却比福官高着几百级。她虽是卫太太的未来媳妇，但常和卫太太在一起打牌，一起听戏，卫伯母长卫伯母短，叫得异常亲热。有人向她说："你别把伯母相称，竟老老实实唤一声婆婆，岂不爽快？"这原是一句取笑的话，谁料她认起真来，见了卫太太，竟没口子地唤起婆婆。旁人听了，忍不住地好笑。三小姐道："有什么好笑？早晚总要把婆婆相称，我便提前叫将起来，也叫熟溜一些，免得将来踏上红毡单，改换称呼，倒觉得口齿生疏，诸多不便。况且先行交易，择吉开张，这是普通的规矩，算不得笑话。"从此以后，竟没人再肯把三小姐取笑，都说三小姐的年纪不过十六岁，这一副颠扑不破的面皮，便是六十岁的老婆婆也比不上她。任凭人家怎样取笑，她的面皮从不曾红过一次，并且越把她取笑，越把她的面皮练得坚固牢壮。她不害臊，人家倒不免害起臊来。

阊门城外沿着马路有一所新建筑的洋房，红垣四周，画楼中矗，这便是三小姐的住宅。她的父亲本是赫赫有名的洋行买办，贪着苏州的风俗清嘉，山水明媚，花着数万金，建筑起这所洋房，预作将来菟裘终老的计划。谁料好事多磨，石买办一病身亡，竟不及搬进这所宅子，享受清闲之福。买办生有三男一女，大儿、次儿都在汉口某洋行里办事，两个媳妇也都在汉口居住，唯有三小姐和她幼弟四郎，随着她母亲，却在苏州居住。三小姐和福官订亲尚不曾满足一年，却是笪姨太太做的媒人。现在听得不日便要做亲，三小姐欢喜得什么似的，兴冲冲走到电话箱边，和那未婚夫通个殷勤。却不料未婚夫唯唯诺诺，全没一句知情识趣的话，三小姐老大不高兴，挂了电话，喃喃自语道："怎么十四岁的男子，还和不曾刨削的木头一般？"

在这当儿，佣妇来报道："笪家的姨太太来了。"

欲知后事，且阅下文。

第六回

笪姨娘惯说俏皮话
石小姐遥领铁脸团

　　三小姐揭起软帘，从玻璃窗内望了一望，早见笪姨太太坐的一辆马车，从大门外一直进来。三小姐怎敢怠慢，赶把大衣一披，急匆匆下落石级，从塞门德甬道上迎将出来。那时车辆已停，轿门一开处，走下一位半老徐娘的笪姨太，身穿一件闪缎旗袍，颈围一条白狐领巾，见着三小姐便嚷着："老三，恭喜你，今天特地送将喜信过来，管叫你心花六叶，一齐开放。"

　　三小姐笑道："值得你这般大惊小怪，俺这里袖里阴阳，能知过去未来。你说的喜信，可是正月十八日的一桩事？"

　　笪姨太诧异道："你这精灵古怪的老三，怎么又被你先得了消息？你这耳朵怎么有这般长？"

　　三小姐道："有话请到里面讲，这般大冷天气，怎么立在甬道上讲话？"

　　当下两人携着手儿，同上石级。笪姨太回头吩咐马夫道："你只在这里候着，我还到要铁路饭店去呢。"马夫诺诺答应，不在话下。

三小姐让着姨太太入室，自己随后进来，里面炉火熊熊，举室生暖。三小姐拽动轮椅，请姨太太靠着壁炉坐下，自己卸除大衣，挨着姨太太肩下坐定。佣妇送进香茗，姨太太卸去狐皮围领，喝了一口茶，便道："今天你婆婆和我通电话，说吉期择定正月十八日，叫我到这里通个消息。我接了电话，怎敢怠慢，立刻套起马车，赶来抢个头报，也好大大地向你索份谢仪，谁料你精灵古怪，却先得了消息。毕竟哪个耳报神告诉你知晓？"

三小姐扳着指头道："耳报神多咧多咧，头报二报三报都已报到，轮到你来报告，摸着人家的后膀了。别说赏赐，不把板子给你吃，已是多大的造化了。"

姨太太道："啊呀，你竟要春起梅酱来了。人家都说九子不忘媒，没的媒人来报喜，竹杠不曾敲，颠倒挨受着一顿板子。"

当下宾主笑了一阵。三小姐道："不瞒你说，俺这里稳坐中军帐，自有流星也似的报马前来报告秘密。第一报是春香，第二报是张妈，第三报是王妈。一番报到，我便给一份赏赐，恰才从电话里面唤着我们那个，问他吉期确不确，他说是确实的。我问他是怎样快活，他却吞吞吐吐，不肯讲老实话。姨娘，你想男婚女嫁，是何等正大光明的事，有什么害臊？我做新娘的还不觉得害臊，怎么他做新郎的颠倒害起臊来？"

姨太太道："人家的面皮哪有你这般结实？要是你的面皮不结实，那么铁脸团里也不举你做团长了。"

在这当儿，石太太携着十三龄的儿子推门入内，和姨太太相见。姨太太上前贺喜道："太太大喜，令爱早晚要出阁了。"

太太让座已毕，便道："这都仰仗姨娘的大力，只是吉期很近，一切嫁妆端怕赶办不及，最好……"

话没说完，三小姐抢着说道："有钱不消周时办，有什么赶办不及？况且哥哥在家里，早把我的嫁妆七端八整，预先办好，便算有些零星物件需得添置，只消我拼着半天工夫，向上海去走一趟，跑到先施公司、永安公司，电梯上、电梯下，三层楼、四层楼，团团周围走一个遍，要什么办什么。只要肯花钱，什么东西都跟着我走，哪怕赶办不及？"

太太假意骂道："痴妮子，你是个未出阁的黄花闺女，怎么嫁妆长嫁妆短，叽叽呱呱，嘴里嚼着炒豆似的？我在你的年纪时，有人向我提起出嫁两个字，我喉咙里宛似筑了坝，作声不得，面皮上宛似经着熨斗，一阵烘烘地热。"

姨太太笑道："现在的小姐和那三十年前的小姐怎好放在一起相比？太太别埋怨令爱，似令爱这般的小姐，和那时下的小姐相比，要算是最稳重最规矩的了。时下的小姐都喜欢自由结婚，和小白脸相会没多次，甜嘴蜜舌说了几句肉麻话儿，便即死心塌地，私下里订了终身。既不用媒妁，也不用传红纳彩。大家骨朵着嘴巴，轻轻一接吻，便定了终身大事，这便叫作一吻定终身。好在结婚结得快，离婚也离得快，今儿自由结婚，明儿便自由离婚，把那婚姻大事当作玩意儿干，委实不成了世界。你家三小姐的亲事，须是明媒正娶，和他们不同。所以我说令爱这般的小姐，要算是最稳重最规矩的小姐。"

那时三小姐的幼弟矙着姨太太，要她演讲小白脸接吻故事。姨太太向石太太道："太太办过令爱喜事，便要赶紧替四少爷办喜事。要不是呢，外边的自由女郎满街乱跑，瞧见这般的一个小白脸，怎肯轻易放过？说不定甜嘴蜜舌，也是一吻定了终身，便不由你做妈妈的做主。"

当下石家娘女笑了一阵，都说姨娘惯说俏皮话。石太太留着姨太太便饭，姨太太道："改日再来奉扰，十二点钟只欠着五分，我可不能在这里耽搁了。"当下离座告别，围着狐皮领，大踏步跨下阶石，马夫开着车门，伺候上车。石太太一干人都相送到车边，霎时间鞭丝一扬，橡轮四转，马蹄嘚嘚，径出大门，把这位笪中将的专房宠妾载向铁路饭店而去，不在话下。

单说三小姐回到里面，猛想起方才姨太太说的铁脸团一句话，喃喃自语道："我的结婚吉期，须得向团里姐妹报告一通，免得他日相见，嘲我面嫩，却叫我当场丢脸。"

当下摇动电话机，嘀铃铃嘀铃铃向各处乱打电话。先向鲍公馆里，约奇芳小姐通话道："你可是鲍奇芳……我正是石掌珠……正月十八日，我要出嫁了，请你吃喜酒……有什么不快活？我得了喜信，浑身酥麻，和烂泥菩萨落在汤罐里一般……自然面皮老，面皮不老，怎好充当铁脸团的团长……明天我到上海办妆奁，你有工夫和我同去走一遭吗……很好很好，早晨八点钟，我在家里候你。"接着又和毛羽丰、顾影怜一辈姐妹通过电话，问答大同小异，不再细表。

原来鲍奇芳、毛羽丰、顾影怜三人都是铁脸团里同志，怎么叫作铁脸团？编书的须得交代一番，以清头绪。石三小姐从上海搬到苏州时，曾在苏州某女校里充当过一年六个月的女学生。她的入校宗旨不为着求学起见，无非借都会读书名义，结纳几个性

38

质相类的朋友。她在上海时，自有上海的同学往往来来，很是密切，搬到苏州，和上海的同学是疏远了，她便在苏州女学校里放出眼光，拣几个好朋友，解解自己的寂寞。

她入校的第一天，功课上面好好歹歹，宛比瞎子当秤，全不放在心上。她只提起精神，在那诸同学的举止行动上面十分注意。学校里人品不齐，性质各别，仁者见之谓仁，智者见之谓智。三小姐抱定牢不可破的成见，做个择友标准。合我者便是良朋，违我者都非益友。她见许多同学无论上课下课，总是眼不离卷，手不释书，她却暗暗地发笑，似这般书呆模样，全失了女孩儿家的身份。这些劳什子东西，我瞧了一眼便头疼，又不是珍珠宝石、珊瑚玛瑙，有什么好看？她们拼命也似的看书，分明是中着书毒，将来嫁给摆书摊的做妻子，成日家目不转睛，厮守着几本破书，才遂了她们的志愿。这些女书呆须得远而避之，免得沾染了她们的呆气。又有一部分同学举止稳重，不轻言笑，她又瞧不上眼，暗想这些人倒也古怪，一副孤媚脸，全不露一丝笑意，见着人不言不语，恰和泥塑木雕一般。似这般的呆木头，也不是我的朋友，须得少和她们亲近。又有一部分同学，衣服朴素，不重妆扮，她益加瞧不上眼，连连地唾了几口涎沫，暗想这般寒酸女郎，真辱没了女学生身份。我们做女学生的，本是女界里面最漂亮最时髦的人物，似这般乱头粗服、满面穷相的女郎，只配在三家村里做一辈子的乡姑娘。她们不自量力，也来这里混充女学生，真叫作乌鸦飞入凤凰群，女学生的牌子被她们弄得糟了，这些穷鬼，走将来酸气直冲，怎配和我做伴？又有一部分同学，面皮娇嫩，不耐戏谑，听得几句风情话，面上早起着红潮，兜转身儿逃也似的走了。她又瞧不上眼，暗想这般女郎，一些儿没有风趣，现在是言论自由时代，什么话不好讲？况且所谈的都是婚姻上生理上的研究，为什么要害臊？似这般不长进的女郎，也不配做我的知己。

三小姐在学校里面用着严格主义，拣择她的良友，毕竟被她拣出了几个志同道合的知己，就是鲍奇芳、毛羽丰、顾影怜三位女士。从此有说有笑，形影不离，交情上十分莫逆。这三位女士在学校里，人家都说是很有习气的不良学生，然而在三小姐眼光里看来，觉得人人都有习气，唯有这三个人不为习气所染。一没有书呆气，二没有古怪气，三没有荆钗气，四没有羞涩气。似这般的学生，才不辱没了女学生的身份。三小姐和三个人订交以后，彼此厮换着帖子，做个拜把子的姐妹。论着年龄，三小姐最小，论着面皮，三小姐最老。每天下课以后，四个人坐在一起，嘻天哈地，专把那男女秘密问题讲一个彻底彻骨，惹得人人掩耳，个个摇头，私下里替她们起个绰号，说这鲍、毛、顾、石四个人，一般生就铁面皮。后来把这话传到三小姐耳朵里，立时哈哈大笑道："人家说我铁面皮，我便当真结一个团体，命名便唤铁脸团。"起初团里姐妹只有她们四个人，后来一班同学受这铁脸团的潜移默化，陆续有人加入，全团的人数也有三四十人。俗语道得好，蛇无头不行。当下众人一致，便公举石掌珠做个团长。

掌珠在学校里混了一年六个月，便觉得有些麻烦，远不如在家里舒服。就此半途辍学，只在家里享福。铁脸团的团长，依旧由她遥领，一班团员常在她家里走动，这便是组织铁脸团的缘起。

话既表明，再说掌珠打罢电话，猛然间又想起一桩心事，倏地回到书房里，在那插架上面抽出一本洋装金字的《情书规范》，细细地检查一下子。

欲知后事，且阅下文。

第七回

写情书同等待遇
遭冤狱异地飘零

掌珠打罢电话，猛想起一桩心事道："我的出嫁消息，既然报告了铁脸团里的女同志，便不该瞒着那探艳团的男同志。承他们美意，不惜脚步，常到这里来舒头探脑，团团打转。有时我在洋楼上，他们便装着干咳嗽，引我注目。要是我走到露台上，瞧了他们一眼，他们便向我颠眉眨眼，歪嘴扭鼻，扮出种种卓别林的脸儿。我见了很是发笑，真是绝妙的玩意儿。就中也有好几个和我会面多次，彼此都通过信札。我若不把出嫁的消息给他们知晓，不免辜负了他们的美意。"

掌珠既这般着想，便在书房里检查洋装金字的《情书规范》检查了好几次，才检出了一篇依稀仿佛的情书，提起笔来，便在花笺上照样抄录。才写得一句，却又停住了笔尖儿，暗想和我通过信札的小白脸，约莫一打不足，半打有余，要是一封封地照样抄写，我哪里有这许多闲暇工夫？要是拣佛烧香，择要写一两封寄去，无如这八九个小白脸都与我有同等的爱情，却不能受那异等的待遇。须得想一个普及的方法，才是道理。

搔头摸耳一会子，竟被她想出一个普及的方法，取出几张蓝色复写纸，一层间一层地衬在信笺底下，然后拣支硬铅笔，嗖嗖落纸，只写得两遍，却印就了十纸，除却一纸存根，其余的九纸逐一填写上款，折叠作九份，纳在信封里，开过信面，贴过邮花，按电铃唤门役把信札投付邮筒，不待细表。

她又把这纸存根细细看了一遍，一壁看存根，一壁和那《情书规范》逐句校对，果然依样葫芦，不曾抄错。看到"郎有雕龙绣虎之才，侬无闭月羞花之貌"，上句不曾错，下句"羞花"的"羞"字，却写别了一个字。《情书规范》上明明是个"羞"字，我怎么写作了"差"字？怎么我读了多年书，连这"羞"字都不曾识得？可惜书信已付邮筒，没法把来改正。她又自言自语道："怎么书店里面有一桩好买卖，他们不晓得去干？我常见新年里的贺信，有现成印就的通套信笺，只消填了上下款，便可立时付邮。要是仿这样儿，也把情书的通套语印在信笺上面，那么便省了多少手续，不费誊写工夫，也不会写了别字。现在男女青年，一来一往的情书一天到晚不知有多少封，要是书店里发行这现成的言情信笺，社会上一定欢迎，敢怕比那现成的贺年信，利市要添三倍咧。"

到了来朝，掌珠向她母亲要了一张四千元的银行支票，自赴上海添办妆奁。石太太道："你一个人去，我不放心，可要我陪着同去？"

掌珠道："妈妈去了，弟弟也要去，家里的人走空了，也不是个道理。横竖我有奇芳、羽丰陪着同去，尽可放心。你只在家里念你的经，我便到上海办我的妆奁。"

原来石太太素性佞佛，喜静不喜动，终日在净室里面，蒲团清磬，宣诵佛呈。大抵年老妇人，没贫没富，往往和诸佛菩萨结不解缘。贫的道：我今生苦了一世，来生不要也是这般苦，拜拜菩萨，念念经卷，投到来生，修成一个有福的人。富的道：我今生享了许多福，来生不知怎么样，拜拜菩萨，念念经卷，投到来生，依旧做一个有福之人。石太太素性佞佛，便是属于第二种的心理。

闲文剪断，且说隔了半晌，鲍奇芳、毛羽丰先后到来。奇芳年在二十左右，是个瘦长身子，生就一副瓜子脸，五官位置倒也端正，只可惜一双眸子有些美中不足，和人对面讲话时，左眸向人注射，右眸子却偏在眼梢一边，遮遮掩掩，和屏后窥人的新嫁娘一般。学校里替她取个诨名，唤作鲍斜眼。羽丰约莫十八九岁，生就白净脸儿，五短身材，只为她首如飞蓬，在风前行走，缕缕短发被风吹起，模样很不美观，学校里因她姓毛，便替她取个音同字异的诨名，唤作猫头鹰。

本来铁脸团里的人物千奇百怪，色色咸备，鲍、毛二人，要算会里的特色，又和掌珠十分投契，相见之下，都是嘻天哈地，团长团长地混叫。奇芳在这当儿瞧见桌案上面摊放着一本洋装的书籍，笑向掌珠道："你吉期便在目前，却有心绪在这里研究学问？"

掌珠道："你睁着眼瞧吧，端的是什么书籍。"

44

奇芳斜着右眼，揭起书面看时，便哈哈大笑道："你好你好，你竟在这里研究情书。"

掌珠正色答道："这有什么好笑？我们入校读书的宗旨，既不想做什么女英雄、女豪杰，又不想做什么女文学家、女教育家，单求得些普通知识，能写几封情书便够了。可惜校里的国文教员教法不佳，我枉读了多年书，连这写情书的文法他都不曾教给我知晓。要不是呢，提起笔来便写，值得翻这劳什子东西？"

羽丰道："你这情书写给谁的？想是写给你的未婚夫。"

掌珠冷笑道："我因甚把俏眉眼做给那瞎子看？他是算盘珠儿，拨一拨动一动。他是囫囵木头，还没经人铲削。我嫁了过去，拼着下一番细磨功夫，努力地把他教导教导。这便叫作玉不琢不成器了。"

鲍、毛二人听了，都混笑一阵。掌珠又把方才写的情书存根授给两人观看，又说了些闲话，然后吩咐套起两辆马车，驰往车站，以便搭乘十一点钟的特别快车。

羽丰道："你们同坐一辆车，我只爱骑快马。"

掌珠笑道："你的骑马癖又要发作了。但是到了上海，只有汽车坐，没有马骑，须和你预先说明。"

羽丰道："到了上海，便依着你就是了。从这里到车站，且容我爽快一遭儿。我一天不骑马，骨节都要作酸，简直要害起病来。"

当下掌珠又吩咐只套起一辆马车，另备一匹快马伺候。马夫应命出门，自去伺候。掌珠指着马夫的背影，取笑羽丰道："你爱天天骑马，罚你嫁着这般一个的丈夫，你便不愁没马骑。"

羽丰道："倘能嫁个马夫，便遂煞了我的心愿。可惜我已定了亲事，一时改换不得。"说时拍手大笑，大家也和着她笑。旁边伺候的佣妇肚里暗自诧异道：我们乡村女子，说出这般话儿也觉得有些口软，怎么知书识字的小姐，老着面皮，什么话都说得出？她们的面皮比着我们的脚皮还厚。

石太太听得喧笑声音，放下经卷，也出来和鲍、毛二人敷衍讲话。奇芳道："四弟弟怎么不见面？"

太太道："他到亲戚人家去了。亏得他不在这里，要不是，你们到上海，他便要扭着同去。"

说时，马夫早把车马都已拉进甬道。掌珠瞧瞧手表，便说："离着开车时刻不到二十分，快快走吧。"

当下三个人都一齐走下甬道，上车的上车，跨马的跨马，匆匆行色，不便久留。石太太高立在阶石上，唤着女儿道："你可是乘着晚车回来？说定一声，免得我悬望。"

掌珠头也不回，只在车内对答道："今天晚车不及回来，大约明天午车该回来。明天午车不及回来，后天早车一定回来。"

石太太再等问时，马儿车儿都出了大门，踏上马路，便加鞭疾驰地过去。石太太暗暗叹口气道："现在的女孩儿家也忒自由了，做女孩儿的越自由，做娘的心里越不自由。好在这件湿布衫不久便要脱去，嫁出的女儿泼出的水，一进了卫姓大门，我便脱却了干系，什么事都可以卸肩。她便出乖，也不出娘家的乖，她便露丑，也不露娘家的丑。"想罢，自回净室，做那未完的功课，修那来生的福禄，不在话下。

回转笔尖儿，再说上门赎女儿的沈根生，触怒了卫善人，被岗警拘入局子里。局员奉承富翁，不问情由，罗织罪名，拘留了一个礼拜，尚算从轻发落，然而根生铢积寸累的赎女钱，不知不觉已耗去了七十元，只剩得五块钱看囊。发落的当儿，堂上的官员还打着官话，切实训诫道："沈根生，你回去以后，须得做一个安分良民，切莫再向卫宦讹诈。这次念你初犯，从宽斥释，下次再敢犯案，加等治罪，休想可以法外施恩。"沈根生只得连连道是，叩头退出。

比及到了外面，叫起撞天的冤屈。我何尝讹诈人家分文？我的七十块钱，却被人家讹诈一个净尽。我本是个安分良民，敢怕这堂上向南坐的却不是个安分良官。他只知道拍富翁的马屁，却不管我穷民的死活。又恨恨地骂那卫善人道："你算什么善人？简直是个强盗。你若爽爽快快做强盗，倒也罢了，偏偏借着善人的名目，使出强盗的手段，你比着强盗还要凶过三分。你揞住了我的女儿，又把我害到这般田地，上天无路，入地无门，你这一颗心比着炭团子还黑，比着赤练蛇还毒。老天倘有眼睛，你这人终没有好报。"说时仰首看天，却见天色昏昏沉沉，和自己一般愁惨。

他赎女无望，还想和女儿会面一次，说明种种苦衷，因此挨到卫姓门房，央告跛脚老张行个善心，唤阿莲出来相见。老张哪敢招揽是非，直言拒绝。根生待回到木渎，却抛不下女儿，待住在苏州，又缺乏资本，没奈何在城外小弄里租赁半间破屋，做个安身之地，日间贩些水果进城唤卖，博得二三百文，胡乱度日。夜间打个稻草铺，拥着破棉胎，胡乱睡觉。

一天正提着水果篮，沿街唤卖，蓦见横巷里跑出一个女子，直扑地扑将过来，唤着爹爹。根生道："谢天谢地，不料在这里和你相见。"

欲知后事，且阅下文。

第八回

惨凄凄檐前诉苦
恶狠狠棒下无情

根生举眼看时，恰是女儿阿莲。但见她的容貌比着那天在门房会面时益加憔悴可怜，身上仍穿件薄薄的破棉袄，手提一只金漆的杭式刨花篮，手指冻得和红萝卜一般。走上前时，气喘吁吁，分明是跑着急路。

根生道："阿莲，你真命苦，我那天冒着大风雪，满意把你赎取回家，谁料误了一天的限期，你的主人却是铁打心肠钢打肺……"

话没说完，阿莲忙向她老子摇手，东一张西一望，见没有熟人走来，方才轻轻地说道："这里耳目多，不便讲话。"又指着一家的大门道，"我们要讲话，且到这边去。"当下引着她老子闪入这家大门背后，才敢唧唧哝哝，各谈心事。

根生先把赎女不成，身受拘役，几年来积蓄的血汗钱都被他们诈去，颠倒坐我一个讹诈罪名，含着这口冤气，除向阎罗大王申诉，永没有吐气的日子。阿莲也把那天得着老子受屈消息，急得晕去，病倒了一天，禁不起他们几番责骂，说我装腔作势，推托有病，死赖在床上，一味贪懒，要是再不起床，他们便放出辣手，待要揭去我的棉被，剥去我的衣裳，丢我在园子里，把我冻死。我没奈何，只得熬炼着苦痛，勉强起床，听他们呵来喝去，怎敢违拗一声。方才又差遣我向金狮子桥买点心，路又相隔得远，走了迟了，冷却点心，回去要挨打受骂，走得快了，泼翻汤汁，又道我不小心，也不免一顿打骂。爹爹既没钱把我赎回，我也断绝了回家念头，拼着这条苦命，早晚终是一死。说时，雨点般的眼泪滚将下来。

根生见了，心窝里如剐如割，哽着声调说道："好女儿，你别这般讲，我暂时不能赎取你回家，再挨几年苦恼，终要想个法儿，把你赎取回去。天无绝人之路，留得青山在，不怕没柴烧。我又不曾做什么孽，天可怜见，我们爷女俩总该有团聚的日子。"

阿莲拭着泪道："命里苦，只是苦。爹爹赎我不成，颠倒吃了一场屈官司。这是苦命的女儿累你受这冤枉。你也该断绝了赎我回家的念头。你是孤零零的单身汉，没有个靠傍，你积蓄些银钱，便该留作自己的寒雪粮。你只算没有我这女儿，或者只算我在十五岁上早做了饿鬼。你千万别上卫姓的大门，免得又受第二遭的冤枉。"

根生听到这里，直把这颗心紧紧地绞将起来，不由地放下水果篮，双手掩着眼睛，凄恫凄恫地哑声儿啜泣。阿莲也放下金漆刨花篮，陪着她老子啜泣。

冷不防呀的一声，里面开出一个男子，指着他二人骂道："哪里来的混账人，躲在人家的门背后哭泣？你们可知道今天是什么日子？好好的腊月廿三，人家送灶的当儿，凡事都要讨个利市，你们这辈哭丧鬼，啼啼哭哭，算作什么？滚滚滚，快快滚！你们不滚，莫怪我拳头无情。"说时揎袖捋臂，雄赳赳气昂昂，多分便要动手。爷女俩见不是路，只得各取了篮儿，含着眼泪，返身出门。

谁知道一波未平，一波又起，背后一阵脚步声，赶上一个婆娘，嘴里一迭声地好好好喝起倒彩。可怜的阿莲回头一看，只吓得面皮和香灰一般，嘴唇上都失了血色。原来那人不是别人，便是助纣为虐的张妈。

根生强扮着笑脸，央告张妈道："老妈妈，请你方便则个，我是阿莲的老子，今天和她在路上相逢，谈得没多几句话。你可怜她是个没娘女儿，凡事照应则个。皇天不负好心人，保佑你老妈妈没病没痛，和活神仙一般。"

张妈瞧了根生一眼，连连地瘪着嘴，睬都不睬，回转身来，催促着阿莲道："你还要在这里停留，你要等什么好时辰？"

阿莲哭丧着脸儿，向前行走。张妈监押在后面，连唾了几口涎沫，自言自语道："今天算我戳霉头，这个人不人鬼不鬼的东西，也来叫我老妈妈。我怕没人叫老妈妈？谁要这瘪三麻子向我混叫！"

根生呆立在街头，听着这一派说话，又气又恼，又奈何她不得，眼睁睁瞧那苦命女孩子被这雌虎也似的婆子押回牢笼，去受那惨毒的磨折，简直把自己的肚肠寸寸裂断。张妈和阿莲走远了，背影都不见了，根生兀自不移不动，如醉如痴，呆立在街头，和明孝陵前的石朝官一般。蓦地里当当的几个小锣，迎面挑来了副糖担，才敲醒了根生的魂梦，暗想我可痴了，呆立在这里有什么用？当下强咽着眼泪，没精打采地自去唤卖水果。

然而经这一番苦痛，根生却不敢在苏州逗留。明知住在苏州依然没用，撞见了女儿又没法把她救出牢笼，啼啼哭哭，徒然把肚肠绞断，倘被旁人瞧见了，搬是弄非，又徒然连累女儿去挨打受骂。因此打定了主意，混过岁底，根生便离却苏州，自到别处去讨寻生活，暂且按下。

回转笔尖儿，再说阿莲购买点心，错误了时刻，又犯了一个很大很大的罪名。原来卫太太在家时，每逢下午购买点心，却有指定的几家店铺。要吃卤鸭面，指定观前的一家铺子；要吃羊肉包子，指定皋桥堍的一家铺子；要吃绉纱汤包，指定临顿路的一家铺子；要吃挂粉汤团，指定金狮子桥的一家铺子。她哪管道路的远近，只要适她的口，合她的胃，人家跑得气喘吁吁，上气不接下气，她都不来理会。这个购买点心的差使，向归王张二妈轮流充当，这天王妈出门送盘，张妈又有别事缠身，才把这个差使叫阿莲去充当。临走时，张妈又传着太太的命令，叫阿莲紧去紧来，别在街头耽搁。购了点心，把提篮盖得紧紧的，捏得稳，拎得平，走得快，不许泼翻一些汤，不许撞破一片皮。阿莲诺诺答应，怎敢违拗。自从撞见了老子，互诉衷曲，不知不觉竟挨延了时刻。卫太太在家里等得不耐烦，立遣张妈上街，把贱婢子抓来治罪。可怜的阿莲被婆子瞥眼瞧见，一路押解回家。

揭开提篮看时，冷冰冰一碗汤团，更无丝毫热气，阿莲的滔天大罪业已成立，后来张妈又禀告主母，说阿莲约会了那天上门的起码人，在街头鬼鬼祟祟，准备脱逃，亏我追得快，要是慢走一步，只怕她早已滑脚远去。卫太太正在怒火欲烧的当儿，听了张妈的谗言，分明是火上浇油，便不问情由，一迭声地唤起打来。唤打声尚没停止，张妈早搠着门闩，把阿莲一顿乱打。打得没多几下，阿莲早扑翻在地，挺着不动。

张妈道："你敢诈死，我便把你来打活。"说时，把这门闩举得高高的，用尽了平生之力，待要施展她的辣手。然而婆子忍心下这辣手，编书的却不忍下这辣笔。只为阿莲正在奄奄一息的当儿，再加着这一下毒棒，怎有命活？说时迟那时快，张妈的棒尚没下，但听得一阵嬉笑声中，早闯进了一位女客。任凭张妈手辣，也只得放下无情棒，唤一声："笪姨太，里面请坐。"

姨太太道："啊咦，怎么拣着腊月廿三灶神菩萨上天的当儿在那里打人？要是他向玉皇大帝面前依实具奏，这便怎么样？"又向地上躺着的阿莲瞧了一眼道，"原来又是她挨打，啊呀，打得晕去了。你们太太呢？"

卫太太听得姨太太的声音，便挪动肥胖的身躯，从房里出来相见。春香听得旧主人来了，赶快送香茗，送纸烟，忙个不了。躺在地上的阿莲只有微微的呻吟声息，一些儿动弹不得。

太太吩咐张妈道："你把她扶入下房，暂时记下这顿棒。过了一天，再把她细细拷问。要是一口气把她打死了，倒便宜了这个蠢婢子。"

张妈没奈何，只得拖拖拽拽，把阿莲拖入下房，双手一松，由她滚倒在地上，兜身便走，也不管她是死是活。

姨太太忙问卫太太，因甚把这丫头打得这般模样，卫太太尚没回答，旁立的春香嘴痒难熬，便把阿莲一桩桩的罪状，从头告诉。

姨太太笑向卫太太道:"我初见阿莲时,觉得她眉清目秀,很有几分姿色。怎么近年来竟一年瘦比一年?太太,你真叫作张公养鸟,越养越小咧。"又指着春香道,"她初来我家时,面黄肌瘦,丑得和小鬼头一般,经我豢养了几年,倒还扭扭捏捏,立在人前不惹厌。其实她的面貌,哪里比得上阿莲?"说时,又瞥眼瞧见了福官,忙道,"福少爷,来来来,和你讲句话。你那新夫人可曾和你通过电话?她怎么样地爱你,你又怎么样地爱她?"

福官觉得不好意思,一溜烟地向外便跑。姨太太拍手大笑道:"不到一个月,便要做新郎,怎还这般脸嫩?"

卫太太道:"请你喝口茶吧。你进了门,叽叽呱呱,简直不曾停过嘴。"

姨太太道:"不要喝,不要喝。我们家里约着旅长太太、营长太太,打算消遣,连我在内,只是三缺一。本待去拖石三小姐入局,只是她到上海办妆奁,尚没回来,因此便想着了太太。本待遣人前来邀请,端怕你推托事忙,不肯光降,因此便亲自上门邀你入局。事不宜迟,快快走吧。"说时,便立逼卫太太动身。卫太太推托不去,怎禁那姨太太连连催促,不由她不走。卫太太自去打牌,不在话下。

且说阿莲被婆子撂在地上,由她呻吟,哪有人来看顾。这几下无情棒,有一棒打伤头部,昏昏沉沉,竟失了感觉。这般大冷天气,要是没人把她扶上床,早晚终不免一死。亏得王妈送盘回来,得了消息,心里老大不忍,自向下房,把阿莲抱到床上,用破棉胎掩盖好了,问她怎样痛苦。阿莲依旧昏迷,不能回答。

约莫经了两三天，知觉渐复，睁眼看时，心里老大奇怪，暗唤一声啊哟，我却睡在谁的床上？被褥都是厚厚的，而且洁白无比。又看了四周，暗想我却睡在谁的房里，前面四扇玻璃窗很是漂亮。又见床侧转出一个肥胖妇人，笑问阿莲道："你的病痛觉得好些吗？"

阿莲又暗唤了一声啊咦，怎么狠心辣手的主母也向我和颜悦色起来，莫非我在这里做梦？

欲知后事，且阅下文。

第九回

发善心是真是幻
记艳迹有色有声

　　阿莲睁开眼睛，前后左右，另换了一番景象，便疑到自己在这里做梦。毕竟是梦非梦，全在编书的笔下解决。要是写到这里，接着写"睁眼看时，原来是南柯一梦"，那么眼前景物都化作水月镜花，可怜的阿莲永永没有重见天日的希望。编书的却不这般说，偏说阿莲眼见的情形都是实事，却非幻梦。和颜悦色的肥胖妇人，果是她的主母卫太太。

　　当下走近病榻，向阿莲望了望，便道："谢天谢地，你的病势果然大有转机了。"又伸出一只手掌，向阿莲额上轻轻一按道，"好了好了，不似那天这般焦热了。"

　　这轻轻一按不打紧，却把这卧床不起的阿莲弄得心窝里七上八下，大有受宠若惊的意思。暗想吾进了卫姓大门，足足地经了三年，太太手里的藤条竹片木棒，享受了不知几次，独有这又软又温又肥又滑的手掌，和我的额角相亲，真叫作猪八戒吃人参果，算得生平第一遭。心里这般想着，两只眼睛只向着太太呆瞧，有气没力地唤道："太太，我住在哪里？"

太太却向她摇手道："阿莲，你切忌讲话，医生叫你合着眼，好好养神，那病便好得快。你别牵肠挂肚，胡乱操什么心思。"又道，"阿莲，你也不须奇怪，我从此把你另眼看待，再也不把你打骂。你是个很可怜的女子，三年来在我家做事，很有忠心，并无丝毫过失。我向来把你打骂，只是错怪了你。你也不须记怨，我向来的行为，恰和做梦一般，现在可梦醒了。待你病好，我便唤你老子到来，由他领你回家，也不追取你的身价金，叫你们父女团聚，你想快活不快活？你现在住着的，便是医院里上等病房。我因惦记着你，特地前来看视。我家里事忙，不能常到这里来，你只依我说话，静养精神。你要什么，自有看护和你做伴，你只问她便了。"

这一席话，说得阿莲感激涕零，便是做梦也梦不到这般的际遇。泪眼瞧着主妇，惨声说道："太太待我这般好，叫我怎样报答？"

太太又摇手道："你别这般说，你不把我记怨，我便快活不尽了。"当时早离开了病榻。阿莲倚在枕上，仿佛听得太太嘱托看护妇好好照顾病人，又听得呼唤王妈，伺候上轿。

隔了一会儿，医生前来视疾，看护妇捧着玻璃杯，进了半杯药水。只觉得筋骨疼痛，精神疲乏。她的心窝里许多惨苦，一经主母温语安慰，顿把结辖愁肠，尽得解释。从此阿莲只在医院里养病，一天一天地大有起色，按下慢提。

且说石掌珠和鲍奇芳、毛羽丰同到上海，言明勾留一两天便返苏州。谁料去了六七天不见回来，却把家里的石太太急得什么似的，一颗心只在腔子里跳出跳进，再也不能在静室里安坐片刻。每逢火车到站的时候，遣发佣妇在车站上迎候小姐，自己却在阳台上团团打转，和热锅上的蚂蚁一般。盼望了几天，只扑个空。虽接到女儿的来信，说早晚便要回家，叵耐信上既不曾写明住在哪一家旅馆，也不曾写明归家的确定日期。似这般延宕下去，迎娶的吉期便一天一天地迫近，要是到了正月十八日，彩舆临门，办妆奁的新娘子依旧逍遥沪上，岂不把家里的老娘活活地急死？她成日家牵肠挂肚，又没法把女儿唤回，只得乱念着大慈大悲救苦救难的观世音菩萨保佑，保佑她女儿早早回来。

其实石太太在慌急的当儿，三小姐和两个女友却在上海自由快乐，坐汽车，上馆子，逛游戏场，觉得日子异常好过，再也不想回家。三小姐打定主意，横竖吉期定在正月十八日，期限尚宽，打什么紧？尽可陶情作乐，过了元宵节再做归计。况且彩舆临门，定在那天的午刻，我便挨到十八日，坐着特别快车回家，也是从容不迫，怎会错过了吉期？

她们住在南京路东亚旅馆，这处交通便利，车辆纷纭。三小姐旧时闺友得了消息，都到旅馆里来访问，往来酬酢，异常忙碌。呜呜的汽车，载着一辈自由女郎招摇过市，一天到夜，出足了很健很健的风头。惹得许多拆白党少年紧急会议，纷纷地下那动员令，剧场游戏场都有这辈党人在那暗地里活动。小报馆里的马路访员消息灵通，便在小报上面刊登石三小姐的起居注。初时还依稀仿佛，不大详细，后来竟说得凿凿可据，栩栩欲活。

三小姐有时阅报消遣，见了自己的起居注，不觉老大诧异道："报馆里的访员，简直是我的跟屁虫，怎么我的一举一动都瞒不过他们的眼睛，却替我记下这篇细账？"

鲍奇芳和毛羽丰见小报里面也把她二人牵连记载，字里行间，很有些轻薄论调，觉得脸上过不去，定要写信到小报馆里，声明更正。三小姐扑哧笑道："你们做了铁脸团里的团员，怎么道出这没长进的话来？须知我们这副铁铮铮的面皮，熬炼了多时，坚固无比，便把城砖丢来，也只当作拜年帖子。没的受了几句轻薄话，便觉脸上过不去，定要和人家去计较。一经计较，人家都道我们的面皮太嫩，经不起调笑，便要恼羞成怒。那么铁脸团的资格，无形消灭，这不是大大地丢脸吗？况且他们报上所载的，只提我们的姓，没提我们的名。天下同姓的人不知凡几，我们尽可不瞅不睬，由他们去混说，只算和我们没相干。没的拉个白虱放在自己头发里乱搔。"

这一席话，说得鲍毛二人心悦诚服，都道："毕竟团长的见解比众不同，我们只依着你干便了。"

从此三个人故态依然，行所无事，倒作成了小报上许多新闻资料。石三小姐起居注一续再续，约莫续了七八次。起居注外，又有特别艳闻，一记再记，又记了八九次。编书的拢总写上，未免多占篇幅，只得择要转载，以节省我的笔墨。三小姐的起居注却是按日记载，没有间断。不过说的是三小姐梳什么髻，穿什么衣，何时出旅馆门，坐何号的汽车，同行的共有若干人，何时入餐馆，何时进剧场，何时逛游戏场，简直是跟屁虫性质的记录，没有什么精彩。

艳闻栏中倒有许多花花绿绿的题目，说来很觉可笑。一条题目唤作"三小姐的左右丞相"，内容说的是：三小姐在苏州时，钗裙队里都推她做铁脸大王。此番来沪，有左右二丞相一路保驾。左丞相鲍姓，天生一副奇相，无论遇着什么人，都不把正眼相看。右丞相毛姓，却不爱惜羽毛，把那一头青丝发剪成一二寸长。苏州人有句俗语，叫作苦人头上堆重发，宰相头上光塌塌。毛丞相把头发剪短，大约便是这个意思。其实女子剪发，现在不算什么一回事，但在当时，未免少见多怪。

又有一条题目唤作"铁脸大王的铁脸"，内容说的是："自从本报揭载铁脸大王以后，一班好事之徒对于大王的御容，争欲先睹为快，以为不是铜面的狄青转世，定是铁面的御史再生。比及觐见之下，却又奇怪起来，大王的面庞又娇又嫩，和秋海棠一般，不见得便是铁做的。因此大家起个好奇心，常在大王的前后左右细细考察，考察她的面皮毕竟是铁做不是铁做。一天，见大王在跑冰场里学习跑冰，左挽着一个小白脸，右扶着一个俏后生，在场上团团打转，演那新式的花鼓戏。跑冰完毕，大王娇喘吁吁，困倦得不成模样，却叫小白脸替她披上大衣，又把腿儿搁在俏后生身上，叫他卸下这双跑冰鞋。口中操着苏白道：'多谢唔笃两位先生，唔笃尊姓大名，说拨我听听。我姓石，住拉东亚旅馆第七号。唔笃有工夫，常来谈谈，弗翻淘个嘻。'可见大王和两个少年尚属初次识面，却已亲近得和旧相识一般。大王的铁脸，真叫作名不虚传咧。"

又有一条题目，唤作"左右丞相的趣史"，内容说的是："铁脸大王来沪后，种种趣事，本报已逐一披露。风闻随侍大王的左右丞相，也有种种趣史随时发生。左丞相鲍某，日前戏作男子妆束，往闯某妓寮，倚翠偎红，搭足大少架子。却被房侍老三窥破赝鼎，几乎大起交涉。鲍丞相见事不妙，贿以钞票五十元，才能脱身而出。右丞相毛某素有骑马癖，自到沪上，不得一试驰骤控纵的本领，心常快快，几有髀肉重生之感。丞相在苏州天天骑马，一颠一仰，乐此不疲。她与三五少年立有预约，权把跑马的场子当作射雀的屏风，鞭丝一扬，同时比赛。谁能抢出她的前面，她便与谁订婚。惹得许多急色儿一齐告个奋勇，拼命也似的鞭打马腿，打得马儿乱蹿乱跳，叫苦不迭。比赛结果依旧抢不到毛丞相的前面，这段姻缘不得不留以有待也。"

就这三条趣闻，三小姐游历史便可略见一斑。小报里还有许多不堪的说话，编书的心存忠厚，便也不来转录。

日月跳丸，容易过去，一眨眼便交了新年，又一眨眼便近了元宵。三小姐兴高采烈，依旧不想回家。家里的石太太再也忍耐不住，自有人从上海回来，把石小姐在沪情形讲给石太太知晓，又有人取了上海的小报，把以上的记载一一告诉了石太太。这位石太太纵然舐犊情深，也不免怒火直冒，立时搭着火车，赶往上海。她已探得了女儿的住址，闯入东亚旅馆，强逼女儿回家。依着三小姐的意思，尚觉得兴致未尽，归期太早，无奈带来的四千元支票，待办妆奁一物未办，早已挥霍殆尽。加着石太太泣涕涟涟，且哭且骂，明知时到其间，不得不曲从老娘，到苏州去走一遭。当下付清了房金，挈着左右丞相，跟着石太太同返苏州。

欲知后事，且阅下文。

第十回

行婚礼新妇膀牵筋
离病床丫鬟皮包骨

　　石三小姐一返苏州，石太太的一块石方才搬去，大媒笪姨太太也暗唤一声侥幸。要是她再不归家，那边卫太太向我要人，我这大媒便要被人家捣作梅酱。石太太的两个儿子老大、老二，都从汉口回来，替他妹子办喜事。那九个同等待遇的探艳团员，得了复写纸上的刻板情书，个个心猿意马，束缚不定，都在三小姐的住宅左右团团打转，伸长了脖子，踮起了脚尖，一迭声地干咳嗽，咳个不休。向来只咳两三声，便见三小姐袅袅婷婷地走到露台，倚着栏杆，向他们招手。这种咳嗽的口号，比着会亲的符箓还灵。自从三小姐流连沪上，他们在马路旁边拼命也似的咳嗽，却见洋楼上面，依旧是栏杆寂寂、帘幕深深，哪里有三小姐的亭亭倩影？惹得马路左近的人家暗暗诧异，怎么每天早晚，总有几个少年男子在那里咳嗽，敢莫他们都犯了肺痨？

　　比及三小姐回了苏州，他们喜欢得什么似的，舒头探脑，都来上门请见。三小姐一视同仁，来者不拒，来一个见一个，来两个见一双。他们和三小姐相见之下，情话缠绵，说不尽的依依恋恋。三小姐却是爽爽快快，没有什么儿女态度。原来三小姐和这辈少年往来，不过显出她的社交广阔，暗幕里面尚没有什么暧昧行为。编书的须得替她表白一句，庶几阅者诸君不致误会。

话虽如此，然而三小姐的两个哥哥，眼见妹子的一举一动，却已发生老大的误会，背地都和娘说，怎么妹子近来的行动，浪漫到这般地步？她交新年不过十七岁，她的脸皮比着七十岁的婆子还老。三三五五的少年男子，一辈出一辈进，成什么模样？敢怕她瞒着妈妈，早做出那不端的勾当？

石太太手持着百八牟尼珠，连连向儿子摇头道："阿弥陀佛，这是没有的事。老三在家里，我是步步留神，从来不放她在外面过夜，怎会干什么不端勾当？她年纪尚轻，孩子的脾气尚没有脱，因此见了年轻男子，不省得避嫌疑。现在可有希望了，一眨眼便是别家的人，好好歹歹，和我没相干，忧虑她做甚？要是搁着一二年不嫁，那么便难说了。端怕打呵欠便来割舌头，眼睛一眨，老母鸡变作了鸭。"

比及正月十八的一天，男女两宅异常热闹，男家主张旧法结婚，女家主张新法结婚。男家的主张，却有三大理由：第一，卫善人在前清时代办赈案内，保举二品顶戴，现今光复以后，这般阔绰顶戴，只好留待将来下棺时戴用。现在儿子结婚，主张旧法，他便皇然顶戴起来，也没妨碍。第二，旧法结婚不废拜跪，眼巴巴盼望儿子成亲，图些什么？不过图些红氍毹上一跪四拜的风光。第三，卫善人素来不喜女学生，只因勉徇夫人之请，才定下石姓的亲事。现在结婚采用旧法，也好挫挫那女学生的风头。

女家的主张，也有三大理由：第一，三小姐素喜抛头露面，要是戴上珠冠，披上方巾，岂不把她闷个半死。第二，三小姐既是铁脸团的领袖，也是铁腿团的魁首，她逢着大年初一，见着石太太，也只是点点头儿，不肯下跪。她要保障这两条腿，当然要主张新法。第三，三小姐的意思，要在结婚时候，和丈夫挽着臂儿，合摄一影，送给《婚姻杂志》铜版印刷，也好出出风头。要是旧法结婚，那么这种风头便不能出了。

男女宅主张，各走极端，大媒笪姨太太双方调和，说得唇焦舌敝，依然没效。这天的结婚礼节，仍用旧式，三小姐心里说不尽的委屈。比及彩舆临门，也只得戴上花髻，披上方巾，忍气吞声，坐在这乘镂金错彩的花轿里面，加着轿帘拥护，绣幕遮垂，宛比瞎子摸入暗巷，黑魆魆不透光线。一路锣声响亮，音乐悠扬，道旁闲人都纷纷地称赞不绝，三小姐噘起了嘴，却是百般地不快。又听得一个少年嗟叹道："卫善人真是个糊涂虫，迎娶这般漂亮的媳妇，怎么用着腐败的仪仗？"三小姐暗暗点头道："这是探艳团里萧白莲的声音。"依她的心理，恨不得摔去方巾，揭去轿帘，和萧白莲攀谈数语。

彩舆到了男宅，又不能一脚跨出轿门，惹厌的礼生提高着嗓子，在那里口唱吉语，拦舆三请。三请完毕，男女宅雇用的喜嫔，把这位铁脸大王款款盈盈地捧出轿门，踏上氍毹。先拜天地，三小姐暗道：看这天地分儿上，我便胡乱拜这几拜。次行交拜礼，三小姐暗道：横竖你拜着我，我拜着你，两不相亏，我便胡乱拜这几拜。次行参拜堂上翁姑礼，卫善人夫妇不慌不忙，就那朝南摆设两只大红缎垫的太师交椅上面，大马金刀般地坐下。两旁插金花披红绸的礼生唱到一个拜字，新郎卫福官就这拜字声中，早已插烛也似的跪下，叵耐新娘石三小姐的两条腿，恰似铜铸铁炼，怎肯轻易下跪？礼生延长着一口气，专把这个拜字延长下去，扯开着嘴巴，唱得上气不接了下气。喜嫔凑在三小姐的耳边，一迭声地催促道："好小姐，快快下跪，别失了礼数。"任凭礼生怎样唱，喜嫔怎么催，三小姐依然屹立不动，和石人儿一般。礼生这口气可熬炼不住了，只得再唱第二声拜字，一跪四拜，都是卫福官单独行礼。

两旁观礼的亲友，个个暗自诧异。福官的业师卜大麻子，见这情形，尤觉不平，却把不平的意思一齐堆在脸上。卫善人的脸上气得发青，和成精的冬瓜一般。卫太太鼓起着两腮，仿佛在那里吹洋喇叭，从面部直达颈部，都涨得猪血一般红。惯说好话的喜嫔撮起笑脸儿道："恭喜老爷太太，新贵人是轰轰烈烈，立地里起家立业。"

原来这辈惯做喜嫔的，揣摩喜事人家的心理，任凭什么事，都要讨个口彩，假如喜筵上面碰碎了碗盏，人家以为不吉利，喜嫔却道："恭喜恭喜，这叫作百年千岁，岁岁平安。"假如新房里面撞倒了花烛，人家以为不吉利，喜嫔却道："恭喜恭喜，这叫作花烛到老，到老白头。"开口一声恭喜，闭口一声恭喜，管它音同字异，只图讨个口彩，这是做喜嫔的骗钱秘诀。所以她见新贵人立而不跪，便道"轰轰烈烈，立地里起家立业"。

65

拜堂完毕，卫善人夫妇好生没趣，待要翻转面皮，把新娘子训诫一番，禁不起女宅的赠嫁娘姨察言观色，百般会说。她道："我家小姐参拜天地时偶不小心，腿上转了筋。在这当儿揉又不得揉，摸又不得摸，挨到参拜翁姑，小姐心里要下跪，小姐的两条腿却是又酸又疼，一时跪不下。这叫作力不从心，老爷太太你们千万别见怪。待到来朝行睹面礼，我叫小姐多磕几个头，替你们两位老寿星赔罪。"卫老夫妇听了，只得揉揉肚子，捺下这口闷气，暂时记下这笔磕头账，且到来朝再做计较。

谁料隔得一宵，这位新郎卫福官早受了新娘子的同化作用，未行睹面礼，先向二老要求，只行鞠躬礼，不行拜跪礼。老夫妇怎肯答应，福官怒道："堂堂中华民国，早废了拜跪制度。头可断，膝不可屈。爹爹妈妈定要行这野蛮礼数，我便拼却一个……"

"死"字尚未出口，慌得卫太太一把搂住了儿子，忙不迭地说道："依你依你，好孩子，别着恼。我们只要行这文明鞠躬礼，不要行那野蛮拜跪礼。"又怒目瞧她丈夫道，"都是你这老糊涂，痰迷了心窍，定要行什么旧式结婚。你不省得一个时代自有一种礼数，堂堂中华民国的国民，怎肯做那磕头虫？难怪儿子不服气。"

卫善人受了一顿申斥，垂倒了头儿再没话说。少停儿媳行睹面礼，废止拜跪，实行鞠躬，昨天的磕头账一笔勾销，变作了永远无着的漂账。

在这蜜月里面，福官和三小姐鹣鹣鲽鲽，恩爱异常。西席卜大麻子到馆以后，仅和福官一度相见。先生独坐在书房，学生不出来读书，一天一天地延挨下去，坐拿干俸，没事可干，卜麻子落得自由，有兴便来住住，没兴便回家去。到馆的当儿，不是闯入账房和李逢辰谈天说地，定是躺在自己床上，看几回不良小说，解解寂寞。编书的交代清楚，暂时按下。

却说病卧医院的阿莲，自经主母到院抚慰，心中好生感激，不到一礼拜，早能勉强起床。只是瘦骨崚嶒，颜容惨白，立在人前，摇摇欲倒。依着阿莲的心理，早想离却医院，回去侍奉主人。看护妇道："你病体尚未复原，瘦得不成模样，分明是皮包着骨，正待调理，怎好脱离医院？况且你主母谆谆嘱托，说你病起以后，须得在院里多住一两个月，养得身体结实了，才许离院。难得你主母有这好心，你住在院里，吃吃困困，有什么不快活？强如在主母跟前，被她呵来喝去，动不动便要受鞭打。"

阿莲听了，只得安心住下。医院里的三餐供给，很觉精美适口，阿莲病后旺饭，饭量逐天地加增，不到一个月，早养得精神饱满，肤革充盈。自己照着镜儿，也觉得另换了一个模样。饮水思源，便感激到主母身上。她想天下真个没有感化不得的人，主母既然回心转意，待我有恩，我也该知恩报恩，只记她的好处，不记她的坏处。她果许放我还家里，父女团圆，我便替她立个长生禄位，朝朝礼拜，一辈子也不会忘却。

阿莲入院时，尚在腊尾年头，时光忽忽，一眨眼便是杏花时节。这天阿莲正立在廊下闲瞧，却见主母身边的王妈从外面匆匆走入，见着自己却问道："请问姐姐，卫宅的使女阿莲住在哪一号房间？"

阿莲道："我便是阿莲。"

王妈擦着眼睛道："啊咦！另换了一个人咧！"隔了半晌，又道，"今天太太遣我来，领你回去。黄包车歇在门前，快快跟着我去吧。"

欲知后事，且阅下文。

第十一回

出病院贫女易容
恋新房娇儿刮肉

　　原来卫善人那边要把阿莲领出医院，已得了院长的许可，因此王妈唤着车儿，前来领取阿莲出院。相见之下，王妈的眼光里，早见阿莲另换了一个模样。以前的阿莲，面黄肌瘦，愁眉泪眼，头发是蓬松的，衣衫是褴褛的，立在人前，三分像人，七分像鬼。现在的阿莲可大不相同了，白白的脸蛋儿，白里竟泛出红来，舒眉开眼，全没有寒酸气象。头上的青丝罗罗清疏，绾着个家常髻。俗语道得好，佛要金装，人要衣装。阿莲穿的一套衣服，是卫太太知她病已起床，特唤成衣匠替她制办，虽是些花花绿绿的洋布衣服，然而穿在阿莲身上，要算自出娘胎破天荒第一回的装扮。衣服既然称体，鞋袜也是新制，淡妆雅服，姿态横生，女儿爱好是天然，难怪王妈见了，竟睹面不相认识。当下把阿莲从头至足端详了一遍道："毕竟你的运气好，似这般的太太，强盗也发了善心。"

　　不多一会子，阿莲和王妈早离了这所医院，彼此都跨上了黄包车，车辆辘辘，径向阊门城内进发。比及到了卫姓门前，下了包车，王妈开发了车钱，和阿莲跨入大门，门房里的跛脚老张听得车铃声响，一跷一拐地出来看视。阿莲唤了一声"张伯伯"，老张睁圆了双目道："这位小姐，我可不相识。"

王妈道："难怪你不相识，我见了她也闹出笑话来。你道她是谁？她便是宅里的阿莲。"

老张诧异道："她便是阿莲吗？真个瓦片也有翻身日，困龙也有上天时。"

一媪一婢，从备弄直达里面。卫太太正陪着笪姨太太在内厅谈话，阿莲抢步上前，向太太磕了一个头，站将起来，又唤了一声姨太太，垂着手立在一旁。

卫太太笑道："这丫头进了医院一趟，不但面貌变换了，并且礼数也懂了许多，不比从前，见了人手牵脚动，立不住站不稳，惹人家憎厌。要是她早似现在这般漂亮，我还舍得把她打骂吗？"

笪姨太太把阿莲细细地瞧着，从头至足，顺瞧了一遍，重又从足至头，逆瞧了一遍，瞧得阿莲不好意思，脸都涨得红了。那时宅里的仆妇丫鬟都哄着来瞧阿莲，张妈见阿莲打扮得整齐俊俏，不知太太是什么用意。春香瞧了阿莲一眼，早怀抱着妒意。

笪姨太太指着春香，笑向卫太太道："我早说阿莲比春香生得俊俏，你只不信，现在两人立在一起，可分出高低来了。阿莲宛比一块白玉，一向尘封土裹，埋没了真相，要是洗得净净的，那便显出她的天然色彩来了。春香只比得一块黄铜，新经着擦铜油一番摩擦，表面上很是漂亮，要是搁上几天不擦油，她便显出

70

骨子来了。"这几句话，引得众人都发笑。春香听了，敢怒不敢言，噘起着嘴巴，兜转身儿便跑。

宴尔新婚的福官，手携着石三小姐同出新房，也到这里来瞧热闹。阿莲见了小主人，赶忙上前，叫了一声少爷。王妈附着她的耳朵道："那位便是正月十八日新娶的少奶奶。"阿莲又叫了一声少奶奶。

当时福官的眼光里瞧着阿莲，觉得她肥了许多，别换了一个模样，心里好生诧异。阿莲的眼光里瞧着福官，觉得他瘦了许多，也另换了一个模样，心里好生突兀。福官和阿莲彼此呆呆地瞧着，大家肚里打量，怎么害了两个月病，瘦的变作肥了，做了一个月亲，肥的变作瘦了？

石三小姐不耐烦，拉着福官便走道："这里有什么好玩？和你到新房里去。"

笪姨太太咯咯地笑道："这一对小夫妻怪亲热的，宛比吸铁石逢着绣花针，轻易不肯分开。"

卫太太凑过身子，挨着姨太太耳边轻轻说道："小夫小妻，果然要亲亲热热，但也该有个分寸。亲热得过了分寸，便不成了模样。姨娘，你不见我们孩子的面庞，成亲得一个月，面庞儿早瘦减了一圈。从前生得肥头胖耳，下额的底下还生得第二层下额，现在却不对了，第二层下额完全消去，眼皮上面隐隐地起了潭儿。孩子的面庞一天消瘦一天，老子娘的心里便一天疼痛一天。不信石家女儿，小小年纪，倒是一副刮肉机器。孩子有多大的肉彩，怎禁得她这般刮削？我的意思，待要和他们定下一个办法，每月四礼拜，每一礼拜只许孩儿在新房里住宿一次，其余六

71

天，日间由他们亲爱，夜间只许孩子在老房里宿。你想这个办法可好？"

姨太太抿着嘴笑道："太太倒也好笑，怎么把这桩事和我商议起来？我是他们的大媒，从来只有撮合两口儿的大媒，没有拆散两口儿的大媒。"

卫太太连摇着手，叫她放低着声调，免得被儿子媳妇听在耳朵里，鞋子没有做，倒先落一个样儿。说时，又把姨太太拉入自己房里，向她央告道："你别和我谈俏皮话，我是真心向你请教。方才说的办法，毕竟使得使不得，你是很有阅历的，请你判断一下子。"

姨太太道："太太既这么说，令郎交新年只有十五岁，尚不是做亲的年纪，为什么急急忙忙要赶办这桩喜事？"

卫太太皱着眉心道："姨娘，我可懊悔不及咧。当时见孩子已开了智识，端怕意马心猿，专向着邪路上跑，弄坏了他的身子，早早结婚，便可收束着这条野心。并且我家老头儿又渴望着抱孙子，早一天结婚，他便早一天抱孙。我说孩子柔筋脆骨，还没到做丈夫的年岁，老头儿向我跺脚，说人家到五十多岁的年纪，孙媳妇都进了门，曾孙儿也要出世，偏我没福，至了五十多岁，尚没人唤我一声公公，落在刻薄人嘴里，难保不说我面子上是个善人，暗地里不知做了什么孽，罚我下代不兴旺。老头儿既这么说，我可拗他不过。才定下了成亲的日期。"

姨太太笑道："既然生米煮成了熟饭，大家都不要抱怨。你说令郎消瘦，在我眼光里看来，令郎不见得消瘦，转比从前增长了多少精神。况且一个人的身体好坏，和肥瘦都没关系。太太不信，但看你家老爷，瘦得和干瘪枣儿一般，却是精神很好。端怕你这位胖太太，还没有干瘪老爷这般健旺。太太，我不是帮着三小姐，和你老人家斗嘴，你说三小姐是一副刮肉机器，那么你是什么机器？你家老爷的全身肉彩，都刮在你胖太太身上，敢怕你是一副头号的刮肉机器？"

这几句话恼得胖太太脸都涨红了，捏着蟹钳拳头，要来拧姨太太的面皮。姨太太是个鲫溜人物，瞧见胖太太凑身过来，她便嗖地起立，让过一旁。胖太太扑了空，几乎栽倒在沙发旁边，却亏姨太太双手拖住。胖太太晃了几晃，才能够站定脚跟。原来胖太太身躯臃肿，裙下的一双莲翘，却是异常瘦损。她也晓得目今时世，盛行天足，也曾把两只小脚儿竭力解放，只是受惯了束缚，便解放煞也没用，因此和姨太太扭得一扭，身躯便摇摇欲倒。

姨太太道："说说笑笑，你别认了真。你不省得君子动口，小人动手吗？"

胖太太向沙发上坐下，气吁吁地说道："好一个君子，你是君子时，天下十八省，再也觅不出一个小人了。"又道，"姨娘，你忒煞诧异。我好好和你商议，你却专和我开玩笑，这是什么道理？"

姨太太也挨着胖太太坐下道："太太，和你讲正经话，你要替他们定什么住宿的章程，这是不行的。不痴不聋，不做阿家翁。儿子媳妇房里的事，你怎好去管得？你便去管，他们也不服你管。便算他们勉强依了你的办法，如胶似漆的小夫妇，硬逼他们在两下里住宿，俗语道得好，鱼儿挂臭，猫儿叫瘦，万一害起病来，端怕你又懊悔不迭。"

卫太太点着头道："这话却道得不错。只是除了这法，可另有什么法儿？"

姨太太道："你去理会他们做甚？新风新水，便觉得加倍亲热。过了一年半载，少不得便要冷淡，不能似现在这般地甜甜蜜蜜。便算你现在不放心，也不该大张晓谕，定什么值夜的日期。你只悄悄地唤了令郎过来，苦苦地劝导一番，叫他保重着身子。我见三小姐时，且悄悄地代达你的意思。她是漂亮人，不消絮絮叨叨，只消话里藏机，她自会明白。你道这个办法好不好？"

卫太太一迭声地唤好，当下两个人在沙发上面，交头接耳，又道了许多秘密话儿。卫太太道："这事办成了，我们也不白白地折了一份本钱。"

姨太太道："不但本钱没有损失，还要加倍出赢钱咧。"

隔了一会子，姨太太辞别回去。卫太太把阿莲唤至身边道："从今日起，再也不叫你做粗笨职役，你只伺候在我身边，管些装烟倒茶的轻便职役。过了几天，我便遣人找你老子到来，由他领回家去，也不枉我们善人门庭，多少总要积些阴德。"阿莲听了这慈悲太太的训话，感激涕零，不消细说。

待到下午，卫善人从朋友家里吃了寿酒回来，醺醺地带着几分醉意。阿莲见了主人，免不得赶步上前，磕了一个头。善人醉眼迷离，认不出是谁。太太道："她便是我家的阿莲。"

善人道："她便是阿莲吗？"嘴里说时，饧糖也似的眼睛只向阿莲注射。伛着背，伸着脖子，只把脑袋凑将过去，脑后一条辫子斜扛在肩窝上面，嘴里阵阵酒气，接二连三地喷出。慌得阿莲倒退了几步。卫太太见着骂道："老糊涂，偷食猫儿性不改，你又安放着什么邪意？"

一片骂声，早骂醒了善人的醉意，忙说："太太别多疑，我只瞧瞧这丫头怎么另换了面目。"

过了几天，阿莲正替太太装烟，蓦地里有人来禀报太太，说阿莲的老子又来赎取女儿了。

欲知后事，且阅下文。

第十二回

伤薄命身世比桃花
寄幽情姓名刺杏瓣

进来禀报的便是张妈，阿莲在旁听了，欢喜得什么似的，忙道："张妈妈，我家爹爹在哪里？"嘴里说着，手里兀自装烟，却把这杆云白铜的水烟袋嘴儿，直送到胖太太的鼻子左右。

胖太太笑道："啊咦，这丫头快活得慌，却把烟袋嘴儿塞入我的鼻孔里来了。"又问张妈道，"她的老子在哪里？你去唤他进来，我有话嘱咐他。他把女儿领回，须得好好看待，无论怎么样，再也不许把女儿做抵押品。他养得活女儿，由他领去。他养不活女儿，权把女儿留在这里，待他手头宽展时，再给他领去。我们慈善人家，存心把人搭救，须要搭救到底。俗语道得好，救人要救彻，杀人要见血。我们只依这上一句做。"

张妈道："阿莲的老子自己没有来，只托他的朋友，备着本利，前来取赎。"

太太道："他为什么不亲来取赎？"

张妈道："乡下人是不禁吓的。上次上门，被警察抓入局子

76

里去，这回却吓怕了，只托人上门，他自己却在车站老等。那人已见过了老爷，交来的本利银钱，丝毫没有短少。问他说话，针孔相符，不是捏名冒领。老爷已允许他领去，却唤我到太太前禀报一声。"

胖太太沉吟片刻道："也罢，领便由他领去，只是我不大放心托胆。目今时世坏人多，海水量得到底，人心量不到底，难保没有什么意外变化。你可陪着阿莲，同到车站，见着她老子，你把阿莲交给他领去，再把我方才嘱咐的话，一一向他说了。要是阿莲的老子不在那里，你别把阿莲放手，只依旧送回宅里，我自有道理。"

张妈一迭声地答应。胖太太接取了阿莲手里的烟袋，和颜悦色地说道："阿莲，随着张妈去吧。你自己房里的零碎东西，拢拢掇掇，都赏给你拿去。你有良心时，路过苏州，便来望望你的旧主人，也不枉我的一片慈悲心。"说时，假意擦那眼皮，却赚得阿莲的眼泪和断线的珍珠一般。赶忙回到自己房里，只取些替换衣服，打了个小包出来，拜别这位慈悲太太。

拜罢起身，又要和老爷、少爷、少奶奶拜别。胖太太道："可怜的阿莲，别闹这礼数，忙忙走吧。骨肉相会，早一刻好一刻。敢怕你老子的眼睛都要望穿了。"

阿莲临走，却觉得依依不舍，一步一回头地说道："好太太，你是佛心佛肚肠，我一辈子忘不了你的恩。"

胖太太把手巾遮着脸道："可怜的阿莲，我的眼泪被你赚得够了，你走你的路，别再赚我的眼泪吧。"

张妈暗暗地好笑道："擦尽了一担生姜，也擦不出你老人家

77

一点半点儿泪。"

当下两人同至外面，却见一个乡农打扮的男子，年纪约莫五旬左右，在门房里坐候。张妈指着向阿莲道："这便是你老子的朋友。"

阿莲抢步上前道："老伯伯，我家爹爹在哪里？"

那人正待回答，张妈抢着说道："你的老子在车站上老等，早经说明，又絮絮叨叨地问他做什么？"

那人也说道："你的老子真个在车站上老等。"

张妈又央托跛脚老张，唤得三辆黄包车，三人分坐，径出城关，直向车站而去。约莫行到半途，恰是个冷落所在。马路两旁都没人家，只有疏疏落落的几株杨树，倒垂着青青的嫩条，在风前招展。张妈便唤停车，付了车钱。看这三辆空车去得远了，然后回转头，向着阿莲哼哼地冷笑几声道："阿莲，你待向哪里去？"

阿莲诧异道："老妈妈，你不是送我到车站，和我爹爹见面吗？"

张妈又哼哼地几声道："你要会见你老子，叫作鼻子上挂勒鱼——休想。"又指着那人道，"你道他是谁？"

阿莲益加诧异道："老妈妈，他不是我爹爹的朋友吗？"

张妈骂道："糊涂虫，你多分捏着鼻子做梦，谁是你老子的朋友？"

阿莲摸不着头脑，只向张妈呆瞧。张妈道："鼓不打不响，话不说不明。老实向你说了吧。你道太太真个回心转意吗？她使的计较，别说你不能猜破，便是我也好生疑惑。直到昨天，她向我说破了，方才分明。她因你去年在外面和这穷鬼背地里鬼鬼祟祟，预备着逃走，她恨得牙痒痒的，要把你立时打死。后来一转念，把你打死了，只算死了一猫一狗，并没打紧，只是白白地丢掉了一笔本钱，她可舍不得。笪姨太太那天到来，替太太想出这般计较，把你病痛医好了，把你面庞养肥了，打扮得你花花绿绿，叫人见了不憎厌。那天领你出医院时，医院门首早有人在那里相你的面貌，你却不觉得。现在你出了卫姓大门，已不是卫姓的人。南翔富翁张大经，买你去做姨太太，身价银七百五十元，一次付清。这位老人家便是张富翁派来迎你的，你随了他去吧。"说罢，转身便走。

阿莲如梦初醒，当头一瓢冷水，把许多希望一齐打灭，追上几步，把张妈一把拖住道："张妈妈，你带挈我回去，太太把我打死，我不怨，我只要见我爹爹一面。"

张妈瞪了她一眼，恶狠狠地说道："不受抬举的蠢丫头，你放着活路不走，倒去走那死路。你离着这条阎王路，到人家去做小老婆，有什么不快活？你瞧笪姨太太，也是个小老婆，成日家逍遥自在，恁般好福分，哪个赶得上她？你这蠢丫头，人搀不走，鬼搀直溜。你要到死路上去，我便领你回去，只怕你今天竖着走进门，明天横着扛出门。今天进门的是你阿莲的人，明天出门的是你阿莲的魂。"

阿莲经这铁嘴张妈说得栗栗可畏，钉住脚，又不敢跟她回去。那个乡农打扮的也上前相劝道："小姑娘，你别执性。我家张老相公是南翔镇上有名的好人，你跟了我去，包管你有吃有穿。便是你要和老子会面，只消我家老相公允许，也可使得。况且身价银都已付清，卖身契早在我手里，你便插翅也飞不去。你识得风云气色，还是走的，要不是，拖拖扯扯，那便出乖露丑了。"

阿莲没奈何，只得跟着那人便走。张妈自回城里，禀复主妇，不在话下。

阿莲被那人押着走路，垂头丧气，和那待决的囚徒一般，两只腿儿都加增了重量，一步一挨，百般地走不快。好容易挨到车站，向东的客车将近开驶，那人已预购着三等车票，催促阿莲同上车辆。坐定没多时，决裂裂一声汽笛，叫得阿莲寸心粉碎，车轮转动得疾，阿莲的缭绕愁肠也随着车轮一般转动。同车的男女搭客，谈谈说说，煞是热闹，单有阿莲低垂了粉颈，不则一声，只在那里自伤桃花薄命。那人挨坐在阿莲旁边，絮絮叨叨讲他的主人张老相公，怎样地好行善举，怎样地广积阴功，南翔镇的男男女女，谁不唤他一声张好人？阿莲听了，却是漠然不动。她想苏州城里的卫善人，比着恶人还恶，那么南翔镇上的张好人，敢怕比着坏人还坏。

火车行时，一路逢站停顿，搭客上下，忙个不了。阿莲只是呆呆地坐着，沿途风景瞧都不去一瞧。比及到了昆山，上下的人比前更多，还有许多小贩，沿着车厢，一片声地唤卖零星食物。阿莲垂倒了头，瞧都不瞧。蓦然间，种种声浪里面，却有一种声浪直钻入阿莲的耳朵里，不由地回转脸来，向着窗外一望，却见轨道旁边，许多小贩里面，有一个唤卖昆山馒头的，正是她的老子沈根生。才唤得一声爹爹，那不作美的汽笛又决裂裂地叫将起来，只这一叫，列车的轮轴都已应声发动，阿莲伸出头儿，又拼命地唤一声爹爹，才见她老子沿着轨道，气吁吁地追将过来，一壁追赶，一壁连喊着"阿莲哪里去"。这时火车已离了月台，风驰电掣般地行动，饶你多添上几条腿，再也追赶不上，只落得越追越远了。

阿莲横了一横心，今天便是死，也要和爹爹会面，对准了车窗，耸起着身子，冒个万死去跳车。说时迟，那时快，一个倒翻身，早把这苦命的阿莲倒翻下去。

且住，编书时写到这里，阿莲的生死问题，全在笔尖儿下个断语。说到倒翻下去，多分这丫头没有命活，然而否否。倒有两种倒法，向前倒去，跌在轨道旁，阿莲便无生理；向后倒去，跌在车厢里，阿莲便无死理。那时的阿莲幸而没有向前倒去，原来旁坐的那个乡农见势不妙，恰已存着戒心，阿莲等要跳车，早被他举起双手，下死劲地向后一拖，因此只向后倒，却不曾跌出车厢以外。

坐在阿莲对面的是个中年妇人，阿莲向后倒时，只倒在这妇人的怀里，丝毫没有受伤。然而阿莲的身子没有伤，阿莲的一颗心却伤得够了。当下站定了脚跟，回到自己座位上坐定，不觉掩面啜泣。同车的搭客老大诧异，对面的妇人受了虚惊，免不得要盘问根由。阿莲呜呜咽咽，略把自己的身世告人，早引起了同车人许多的悲感。按下慢提。

话说一轮红日渐渐向西山降落，朵朵朱霞起于半天，宛比蔚蓝笺上渲染着几点胭脂。在这斜阳中间，寻常庐舍都闪闪发生光彩，但见一带蛎粉墙内，包围着小小的园子，园中杂莳花木，开得正自烂漫。那时九十春光，恰已过半，天公做的"春的文章"，锦簇花团，恰到好处。园子的东隅，一带油碧色的疏篱，衬着出墙的红杏花，倍增旖旎。红杏花下，亭亭地立着一位女郎，花一般的年纪，玉一般的精神，分明斜阳都恋着她，照在她身上，缓缓地不忍移去。那女郎随意采取一片杏花瓣儿，拔着襟针，在那花片上一针一针地刺着细孔，胸窝里盘旋打转，不知勾起什么心事。

在这当儿，园子里一阵脚步声响，早来了一位西装少年，一壁走一壁笑道："佩妹，我觅你不见，却原来在这里弄这玩意儿。"

女郎回眸一笑，抛去了花片，别上了襟针，款款盈盈，迎上前来讲话。那少年却在篱落旁边拾起这花片，向着斜阳光里，仔细一瞧，但见花片上面清清楚楚刺着"王芸士"三个字。少年笑道："佩妹，你竟把我的三字姓名刺上花片儿来了。可惜这花片儿不是一片红叶。"

欲知后事，且阅下文。

第十三回

风细细花荫谈话
月溶溶树下乞婚

那女郎听得话里有因，向芸士瞪了一眼，轻轻地道了一个啐字，仰着头儿不作声，只向那天半朱霞停睛痴望。然而人面和霞光早映得一般红。

芸士搭讪着说道："佩妹，你怎么不则声？你呆呆地瞧些什么？"

女郎道："我只瞧那天上彩云，煞是好玩。"

芸士微吟道："彩云容易散，好事莫蹉跎。"

女郎把脸儿一沉道："芸哥，你说的话怎么牵枝带叶，含讥藏讽？你端的存着什么心思？你再这么说，我可不依。"

芸士笑道："好妹妹，你真个和我翻脸吗？你会翻脸，我也会翻脸。"说时，便扮着滑稽式的面皮，引女郎发笑。那女郎忍耐不住，竟扑哧地笑了。

芸士指着粉墙边的一条石凳道："佩妹，你且坐着，我正有话和你讲。"

女郎道："讲便讲，只不许牵枝带叶，含讥藏讽。"

当下两人同在这条石凳上坐着，那时园林空寂，四下无人，只有一轮明月，在树梢头遮遮掩掩地窥人。枝头小鸟鸣声都歇，仿佛静听这一对璧人在花荫互诉衷曲。

芸士轻轻地说道："佩妹，我这一颗心，怎么总不得你的谅解？直截地说了，你道我是有意唐突，隐约地说了，你道我是有意讥讽，我左右总担个不是。毕竟怎么样才好？"

女郎低着头儿，只不作声。芸士道："我也拼担个不是，你道我唐突，便是唐突，你道我讥讽，便是讥讽，我只要把那天提议的事，讨个满意的答复。"

女郎道："咦？我那天不是已经答复了你吗？"

芸士道："那天的答复，我认为理由不充足，完全不生效力。"

女郎道："那天的答复，端的从心眼儿里掏出，并没有片言虚作。"

芸士道："今天的请求，我也从心眼儿里掏出，并没有片言虚假。佩妹佩妹，你再不给我一个满意的答复，我这精神上的苦痛，比着……"

女郎忙道："我不许你向下说，你又道不出什么吉祥话来。"

芸士道："那么你快快给我一个满意的答复，那天的答复委实理由不充足。"

女郎皱着眉道："芸哥，我这一颗心真个不得你的谅解？老父晚年丧偶，又蓄志不再续娶，花晨月夕，忆念吾母，郁郁不开怀抱。亏得吾在左右，百般劝慰，老人家才有喜动颜色的日子。

84

要是离了他膝下，叫他一个人踽踽凉凉，怎样地度那日子呢？芸哥真心爱我，这是我很感激的，我也知世上爱我最切的人，第一个是老父，第二个便要推着芸哥。既然爱有差等，我却不能为着芸哥爱我的缘故，陡把我脑海里心窝里的恋父观念排斥净尽。两爱相权取其重，这是无可奈何的事。芸哥既然爱我，合该谅解我这一颗心。"

芸士笑道："解决这个问题，有什么困难？我曾向你说，老人的左右，只需有个嘘寒问暖的人，那么你便远嫁，也不妨事。"

女郎摇头道："除了我，更没有第二个人可以嘘寒问暖。"

芸士笑道："怎说没有？一定有的。"

女郎道："芸哥扯什么谎？你说有，有在哪里？"

芸士道："踏破铁鞋无觅处，得来全不费工夫。这个人转眼要到来，待她到来，你才晓得我不是扯谎。"

女郎奇怪道："芸哥，这话从何说起？我没有分身术，怎么老父跟前，除了一个我，还有第二个我？"

芸士道："你是聪明人，请你猜测一下子。"说时，徐徐地弄着方才拾起的一片花瓣，微笑不答。

女郎劈手把花片抢了去，扯个稀碎，向着芸士发嗔道："芸哥倒会使刁，问你正经话，你只不说，弄这劳什子做甚？"

芸士连唤了几声可惜，便道："这一片花瓣非同小可，有你的玲珑手腕，替我刺着三字姓名，我把来当作琼枝玉叶般看待，却不料被你轻轻地扯破了。我本待讲给你听，你扯破了花片，我只不讲。"

女郎连忙央告道："好哥哥，向我说了吧。你爱了花片，我明天拼着工夫，片片花瓣都把你的姓名刺上，你想好不好？好哥哥，被你说得肚肠痒痒的，毕竟这个人是谁？请你老实说了吧。"

芸士向四下望了望，园林里面没有第三人的影儿，一轮明月渐渐向林梢露面，扶疏花影映上衣襟，正是绝妙的一幅春宵情话图。

女郎又催促道："快说实话，似这般舒头探脑，算作什么？"

芸士道："你别性急，待我从头说给你听。你怕远嫁以后，抛却老父，便该觅朝云以伴坡仙，招樊素以侍白傅。况老人年逾花甲，嗣续尚虚，将来一索得男，依依绕膝，桑榆晚景，自然不嫌寂寞。"

女郎摇头道："老父生平反对纳妾，无论如何，绝不做金屋藏娇的思想。我又是女孩儿家，怎能替堂上老父撮合姻缘？"

芸士道："佩妹不便撮合，我却在暗地里替这位老人家出力，实做了那缝了口的撮合山。"

女郎骇然道："芸哥这话果真吗？"

芸士道："实告佩妹，吾近来为着这桩事，早绞却多少脑汁。吾曾密遣老仆王升在上海一带，替老人物色小星，一须面貌端丽，二须性质温淑。物色多时，却是甚难其选。后来王升道经苏州，偶往笪公馆探望他的旧主人，谈话中间，提起替人物色偏房的事，笪家姨太太便介绍一个女子，两项资格都无欠缺，人家娶去做妾，一定可以满意。这个女子是苏州一家公馆里的婢女，她是农家出身，绝卖在人家做婢女，生得眉清目秀，恰有天然的姿色。可惜她主人待遇凶暴，朝鞭夜打，百般凌虐，她却逆来顺受，毫无怨意。现在因被主人打伤了，送入医院里疗治，待她病好了，她主人很愿把她出卖，并且身价银也不算昂贵。王升回来时，便把这话向我报告，我便亲至苏州，自去接洽。恰值那女子病体痊愈，从病院里坐车回去，我在医院门口，瞧了她几眼，见她面貌清秀，举止稳重，全没有妖娆轻薄的模样，不觉暗暗点首，果然是一个好女子。那时由笪姨太太做了中人，议定身价，言明二月十五日，一面交人，彼此不得中悔。"芸士说时，又指着一轮明月道："今夜不是三五良夜吗？我早打发王升，携着款项，向苏州去迎取这女子到来。计算时刻，多分他们已到南翔车站。"

说到这里，恰有一阵微风，从那红杏梢头飔飔地吹将过来。微风过处，隐隐地听得一阵声响，和茶铛里的沸声一般，只在空际打转。

芸士道："火车到了，多分这女子随着王升一起来了。"

女郎沉吟片刻，但向芸士问道："芸哥，你打干这桩事，可曾在老人面前吐露端倪？"

芸士道："我是缝了口的撮合山，不到相当的时间，不便在老人面前道破根由。"

女郎听说，倏地从石凳上站将起来，数着脚步，在墙边篱落打了几个来回，然后静悄悄地立在红杏花下，眼望着团圆皓魄，只不作声。芸士挨近女郎身边，问她呆呆不语，又勾起了什么心事。女郎道："我仔细思想，总觉你这般举动不免孟浪。瞒着老父，背地里替他纳妾，毕竟不是个正当办法。"

芸士道："我也自知不是个正当办法，只是预向老人说明，老人一定坚拒，那么事便决裂了。因此用着迅雷不及掩耳的手段，把事办得妥了，然后挈领那个女子，却见老人，乘他不备，陡然间披露其事，那时木已成舟，老人不便固拒，无论做婢做妾，只要他肯收留那个女子，那么事便好办了。老人身旁既然有个知心贴意的人，将来起居饮食，自有抱衾人克尽厥职，你便远嫁，也可以放心托胆，没有什么内顾之忧。况且有离必有合，待过几年，或者重和老人住在一起，也未可知。你不该抱着褊狭的主义，执着支离破碎的理由，拒绝我的请愿。"

女郎脉脉芳心，不禁被他的说话打动，暗想芸哥爱我，可谓无微不至。他向我乞婚，先把我的缺憾代为弥补，果然那个女子可以侍奉老父，料理起居饮食，处处留神，细腻熨帖，那么我便嫁了芸哥，有何不可？转念一想，天下难得这般的贤淑女子，要是她初进门时，低首下心，尽那婢妾之礼，过了一年半载，却显出种种不良的举动，那么老父心里又添了许多烦恼，益加使我不安。这个办法算不得万全万妥。况且知女莫若父，老父是个道学家，强他蓄婢纳妾，他又怎肯承认？芸哥芸哥，恐怕你这一番心计，却要完全失败了。

芸士见女郎沉吟不语，又连连催促道："佩妹佩妹，你该给我一个满意的答复。你瞧碧天无云，一轮圆满，在那圆满的月光下面，订那圆满的婚约，这是千载一时的好机会。佩妹佩妹，看这明月分儿上，容纳了我的请愿吧。"

说时，向女郎行了一个双料的鞠躬礼。慌得女郎背立在红杏花下，不去理他。他又转到女郎面前道："佩妹佩妹，鞠躬不生效力，我便拜倒石榴裙下，向你行个屈膝礼吧。"

女郎道："且住，只见身穿常服的向人鞠躬，没见过身穿西装的向人屈膝。况且你方才所订的计划，在你看来以为万稳万妥，在我看来，却是老大的错误。"

芸士忙道："怎见得是老大的错误？"

女郎正待启齿，蓦听得一阵急促的脚步声，向着园里跑来。芸士迎上看时，正是从苏州回来的王升，忙问道："你把这事办妥了吗？"

王升轻轻地禀告道："那人已进了门，只是痛哭不休，老太太百般地劝她，兀自不肯止哭。"

芸士道："那么待我自去看来。"便向女郎道，"佩妹，明天再会。"说时急匆匆和那老仆转身便走。女郎待要追向前去，和他们说话，早不见了主仆俩的影儿。

欲知后事，且看下文。

第十四回

娱老人替纳偏房
却少艾不欺暗室

这个所在，毕竟是谁家的园林？前回书中尚没说明。原来这小小园林，便是南翔富翁张大经的别墅。花下徘徊的女郎，便是大经的女儿佩芬。这所别墅和大经的住宅相距不过数十步，每日残照光中，大经常扶着藜杖，到这里来流连光影，花下徘徊，篱边踯躅，自有一种山林的乐趣。大经在前清时代，也曾列名政界，做过一番事业。后见时局日非，他便拂袖归去，在这里小筑园林，和那软红尘土永永隔绝，不复做出山之计。把诗篇代笙歌，把花鸟代伴侣，把节劳慎食代药饵，逍遥自在，和那赋《归去来辞》陶渊明不相上下。然而渊明有儿子五人，这位张老先生，却只生得佩芬一人，夫人许氏又在两载前亡过了，钗断镜分，心中郁郁不乐。亏得这位佩芬女士，先意顺志，惯能体贴亲心。她在上海女子中学毕业以后，遭值母丧，从此不再出门求学，只在家里侍奉老父。

园里乞婚的少年，是她的表兄王芸士。佩芬对于芸士从小时便许为知己，似这般的夫婿，一寸芳心，早写上万千个肯字，面貌又好，学问又好，品行又好，芸士的老子娘又是她的姨丈姨母，平日又疼爱佩芬，在他家里做媳妇，也是千好万好。然而其间却有一桩不好，芸士的老子王松甫在安庆经营商业，历年已久，在那边早置了田产，预备儿子成婚以后，把全家都搬到安庆居住。要是佩芬接受了芸士的婚约，便不免和垂暮的严亲暌违两地，遂了自己的恋爱，天性上便起了障碍；全了自己的天性，恋爱上又生了阻隔。佩芬为了这个问题，也曾搜肠索肚，操尽了许多心思。夜阑人静的当儿，她把一寸芳心当作了天平，天性和恋爱，一一放上天平，权一权轻重的分量。毕竟恋爱敌不过天性，无可奈何，为着老父分上，只得把心窝里一百个肯字，变作了一百个不肯。天性是先天的，恋爱是后天的，一经比较，自分轻重。若在时髦人物的眼光里看来，恋爱是无上的神圣，新潮流的字典里，翻不出什么天性两个字。佩芬偏重着天性，却把青年男女的神圣恋爱抛在脑后，未免违背潮流，不达了世务。然而佩芬心里只晓得从那天良的主张，潮流不潮流她一概不管。

每天老先生清晨起身，盥漱才毕，这位依依孺慕的佩芬女士早托着金漆盘儿，盘中放着一杯牛奶、一碗水潽鸡蛋，请老人家垫饥。这是佩芬的日常功课。她家虽雇着一名佣妇，然而老人家一饮一食，都是佩芬亲自料理，不肯假手佣妇。老人垫过了饥，她才回到房里，整理晨妆。比及梳洗完毕，又和老人家一起进早餐。老人家食量多寡，她却非常注意。要是老人家少吃了半碗饭，她的胸头便压上了一块石。直到老人家恢复了原有的食量，她才宽心，把胸头一块石轻轻地掇去。老人家偶尔长吁，忽焉短

91

叹，她便搜肠索肚，搜索那种解颐的说话，引老人家发笑。她不许老人家提起着亡母，偶然提起，她又找些闲话，故意地从中兜搭。她在老人家面前嘻嘻哈哈，从没有愁眉泪眼的模样，仿佛只知有父而不知有母似的。但是离着老人家独坐在妆台前，忆到亡母卧病的情状，便忍不住地潜抛珠泪。大约她的一副思亲痛泪，瞒得过老人家，却瞒不过妆台上的一面镜子。

这天，大经才进过早餐，正和女儿在书房里谈些闲话，忽听得脚步声响处，姨甥王芸士急匆匆从外边进来，和老人家会面。佩芬明知芸士为着买妾问题，来和她老子商议，便退立在大经背后，听芸士怎样启齿。

芸士道："有一桩慈善事业，特来禀告姨丈。恰才从镇上回来，遇见一个可怜女郎，坐在道旁痛哭，问她因甚痛哭，她道是公馆里的婢女，只因失手打碎了主人的古玩，被主人驱逐出门，一时无家可归，因此在道旁痛哭。我听她这般说，不觉动了恻隐之心，特地挈领她到姨丈府上，请姨丈大发慈悲，收录她进门，充当个粗使婢女。这便是救人一命，胜造七级浮屠。"

大经手捋着花白须髯，向芸士瞧了一眼，便道："芸士，你此举未免多事，人家逃婢，怎好轻易收录？你听着她一面之词，怎能知道她的脱逃真相？要是为着窃案奸案而逃，那么我们把她容留了，我们家里不是变作了罪人的逃薮吗？"

芸士经这一诘，想不出对答的话，只把眼光注射着佩芬，暗暗有求她转圜的意思。佩芬低垂着粉颈，装作不知，只是徐徐地理那身上的衣折。

大经又道："芸士，你年纪轻，阅历浅，识不得人情诈伪。

92

但是你既把她挐领到这里，暂且唤她进来，问一个明白。见面以后，老夫自有权衡。"

芸士正没做理会的当儿，佩芬却又不肯替他转圜，急得不可名状，忽然听得大经变换了论调，分明老人家自己在那里转圜，暗暗快活道：这便人我彀中了。胸次一宽，舌头亦立时活动，便道："姨丈说得不错。这个女子因甚要脱逃，一经姨丈的眼光，断不能丝毫掩饰。待我去唤她进来，问个明白。"说时转身向外，转身的当儿，把那得意的眼色直向佩芬投来。佩芬只把眉心锁了一锁，做个报答。

芸士出门不多时，早引进了一个可怜女郎。双痕界面，残泪兀自未干。女郎是谁？当然是那卫善人家里的使女阿莲。阿莲见了大经，又是悲痛又是惭恨，把那脸蛋儿垂到胸次，深恨没个地洞可以掩藏这个羞脸。

那时大经摩挲着老眼，把阿莲自顶至踵，自踵至顶，上上下下，注视不休。大经越是注视，阿莲越是羞窘。芸士心窝里快活得什么似的，他想老人家道貌岸然，把程朱的学说一齐挂在面上，现在见了粲者，双目灼灼，瞬都不肯一瞬，分明心醉着秀色，平日的程朱学说都抛向脑后去了。当下又把得意的眼色连连地向佩芬投去。佩芬见这情状，秋水双泓，隐隐地含着嗔意。芸士把肩儿耸耸，头儿点点，仿佛向佩芬说，你别假惺惺作态，我已操着胜算，转眼便要唱凯歌，到了那时，再向你乞婚，看你有什么话来拒我？

大经把阿莲注视了片晌，才问到她的姓名年岁，阿莲一一地说了。又问她的主人是谁，阿莲道："苏州卫善人。"

大经沉吟道:"原来便是卫善人。"又问道,"你的主人,可是身材瘦小、面庞干瘪的卫善人?"

阿莲点头道:"是。"

大经道:"这个卫善人,是假公济私、吞款肥己的卫余庆。他做人刻薄,料想待你的情形一定不好。"

阿莲听着不作声,只是淌泪。大经点头道:"我可明白了,一定是主人苛待了你,朝鞭夜打,把你百般地凌虐,你忍熬不住,才向这里来逃避。然而你却错了,你没有脱离奴隶籍,暗地里背主逃奔,倘被主人晓得了,一把捉住,哪个敢把你袒护?"

阿莲哭着说道:"我虽是个下贱婢女,却不敢背主逃奔。主人待我不好,这是我生来命苦,没法躲避……"

芸士听得这般说,慌了主张,连连向阿莲丢眼色,暗想我千叮万嘱,叫她只说逃奔出外,怎么她偏偏说出实情来?

大经拈着须髯道:"你既晓得安分守命,怎么又逃奔到这里?"

阿莲正待开口,芸士抢着说道:"好叫姨丈得知,阿莲果然不是逃奔出外,是我从苏州出价买来的。我见姨丈春秋渐高,姨母又不幸做了古人,桑榆晚景,不免寂寞无聊,奉养左右的只仗着佩妹一人。然而佩妹迟早终有日出阁,怎能长侍你老人家膝下?我为着这事,很替你老人家踌躇。一时擅专,才定下这个主见。"又指着阿莲道,"她虽是个青衣婢女,然而彬彬有礼,懂得大家风范,性质又是很好的。朝云伴东坡,樊素侍白傅,这是古来的佳话。姨丈把她收录了,花晨月夕,有个知心伴侣,再也不会感受寂寞。这是我一片诚心,请你老人家细细地鉴察。"

大经听到这里，脸儿一沉，立时发话道："芸士，谁叫你替我买妾来？"

芸士见势不妙，忙道："这是出于我良心上的自决，并没有人叫我干。也没有什么歹心恶意，我只爱着你老人家。"

大经哼哼地冷笑了几声，便说道："你真个爱我吗？我年在花甲以外，哪里有什么风情月意？我平日又抱着不蓄婢妾的主张，你是我的姨甥，合该懂得我心事。承蒙你错爱，叫我收录这妙龄女郎，牺牲平日的主张，分明牵率老夫干这不道德的事。芸士芸士，你这般的厚爱，我只好谨谢不敏。"

芸士碰了这个钉子，益加没做理会处，眼梢儿瞟着佩芬，隐隐地在那里讨救兵。佩芬屡次躲避他的眼锋，似乎表示一种拒绝的意思。在这当儿，阿莲伏地泣拜道："老相公，你是仁人君子，可怜我飘飘荡荡，发个慈悲，放我回去。"

大经回头向佩芬道："我的意思，想把她送到苏州，你道如何？"

佩芬道："据我看来，她的主人既然待她凶暴，放她回去，也不是个善策。"

芸士连连拍手道："佩妹道得不错，放她回去，分明把她送入虎口，一定没有命活。"又问阿莲道，"你怎么这般愚笨，你的主人和虎狼一般，恋他做什么？"

阿莲哭道："我不是恋着主人，是恋着我的老子。"

大经听说诧异，吩咐阿莲站将起来，忙问她老子是谁。阿莲便一五一十，哭诉她的生平痛史，说到昆山站遇父，跳车不果，忍不住地号啕痛哭。大经叹道："不料青衣婢女，竟有这般的至性，污泥中产出青莲花，失敬失敬。佩儿，你把阿莲暂时留着，好好地看待。芸士，这昆山车站相离不远，你赶快打发王升找取她老子到来，全人骨肉，也是一桩莫大的阴功，你们该成就她一片孝意。"

欲知后事，且阅下文。

第十五回

读孟子生徒工恶谑
翻秘册学究对孤灯

卫宅西席卜麻子呆呆地立在书案旁边，心里麻烦得什么似的，满脸都堆着愁容，冷瞧着这条板凳，和它讲话道："板凳板凳，我卜人文把你冷待了几个月，从今以后，又要天天和你做伴侣了。这几个月来，我那贤高足的足迹，只有一次跨入书房，拢总不曾读过三句书，推托出去小解，一去不来。直到如今，总没有会过面。我拿着干脩，没事可干，当然不来偎你这只板凳，乐得坐茶寮，听弹词，吃老酒，看小说，当作日常功课。逢着夕阳西下时，踱到城外，沿着马路，瞧瞧那山梁雌雉，道几句时哉时哉，何等逍遥自在。一天一天地过去，日子恰似飞一般快。不料清福享尽，又要挨受这些磨难。东翁再三嘱托，说以后福官读书，自早至暮，不得轻离书房一步。吃也在书房里，眠也在书房里，功课上面，不可放松一些，行动上面，又要十二分注意。只这几句话，却够了我的受用了，简直把这孩子成日成夜地交给我看管。待要拒绝他时，舍不得牺牲这个馆地；待要答应他时，我又不是他家的奶妈，怎能担任这个重大关系？只得含糊地答应着，随时再做计较。"

卜麻子正在自言自语的当儿，恰见里面的佣妇捧着福官的被褥，直到先生的房间，在那打横的一张床上铺叠完毕，重又回身入内，搬书箱，搬文具，搬什物，一趟进一趟出，忙个不了。卫善人携着福官来见先生，说了种种拜托仰仗的话，又道："这孩子旷课多时，一颗心和野马也似的，端怕束缚不住。他若违背你老夫子的教训，尽管从严惩戒，绝无他话。师严然后道尊，这是理所当然，不容宽假的。老夫子该负个完全责任。"

卜人文道："东翁但请放心，这都在区区身上。开课伊始，先从收束野心入手，管叫他非礼勿言，非礼勿听，非礼勿视，非礼勿动。"

善人谢过人文，又勉励了儿子一番说话，然后退出书房。人文把福官的面庞细细地注视一番，比着从前清减了许多，暗暗道："这孩子竟另换了一个模样了，怪道东翁要强迫他读书。要是再不读书，只在新房里鬼混，怕不要瘦成一把骨头吗？"

当下慢慢在师位上坐定了，手捧着茶壶吸了几口茶，再把这冬烘脑袋打了几个圈儿，便道："福官，我有几句刍荛之言，今日里忠告而善道之。小子乎，幸勿诲之谆谆而听之藐藐也。"

福官见先生咬文嚼字，也不知他要道些什么，只是呆瞧着先生的面部，不则一声。人文又吸了一口茶，接续说道："你正在宴尔新婚之中，难怪你乐而忘返，不知手之舞之、足之蹈之者耳。然而可以乐，可以无乐，乐伤身，小子乎，父母爱子之心，无所不至，唯恐其有疾病，常以为忧也。"

福官听着，依旧不则一声。人文以为他听得出神了，益发兴致飞扬地讲道："圣人有句话，叫作'吾未见好德如好色者也'。小子为好德之人，富润屋，德润身，心广体胖，可坐而致也。小子为好色之人，空乏其身，劳其筋骨，难乎免于今之世矣。"

福官把先生的面部端详了一会子，不觉扑哧地笑将出来。原来人文瞎三话四的当儿，面上的麻斑粒粒都在那里活动。福官专替先生相面，先生的训解没有一个字入耳，先生的麻斑却粒粒都瞧得清切。越是讲得热闹，面上的麻斑越是一起一伏，一凹一凸，异常好玩，因此不觉笑将起来。人文经他一笑，便打断了训诫，叫他摊出书来，朗诵几遍。福官随意抽了一本《孟子》，打着顽皮声调，乱哼那"我于子思则友之矣，我于颜般则师之矣"。

人文道："你可读错了，明明是'我与子思则师之矣，我于颜般则友之矣'，你怎么把这'师'字'友'字读颠倒了？"

福官嬉皮笑脸地答道："我不曾读错。先生满脸麻斑，做我的师傅，所以该读作'吾于颜斑则师之矣'。"

人文听了这挖苦话，满脸麻斑高高地哼起，正待把福官训斥一番，忽见里面的使女春香急匆匆走入书房，说我们太太要和师爷讲话。慌得人文从板凳上面拔烛也似的站将起来，门帘揭处，先见胖太太的肚皮，慢见胖太太的面部。在这当儿，人文早离了师位，撮着笑儿，哈着腰儿，恭恭敬敬地唤了一声东家太太。胖太太也回唤了一声先生，款款金莲载着这牯牛般的身体，一步步挨入书房。人文待太太坐定了，然后拣着下首的一张座椅，伶伶仃仃地坐在椅子边上，忙问："东家太太下降，有何见谕？"

福官袖手旁观，暗自好笑。他想，我家的妈妈简直是先生面上的一块烙铁，方才先生听了我嘲笑，面上的大小圈儿都哼得高高的，妈妈一来，麻圈儿立时平复，便把烙铁向他面上去烙，也没有平复得这般地快。

胖太太笑吟吟地说道："我来会见先生，并没别事，单为这个孩子犯着年灾月晦，坐在书房里读书时，容易头疼脑涨。我今年延请着最著名最道地的阴阳先生，捧着格盘，格正了方向，专拣着吉利的所在安设砚席。他嫌向北的书房阴气太重，因此搬在向南的书房里读书。地方向阳，孩子读书时，多少总能增添些精神。可有一层，须得向先生声明在先，我家的孩子不愁穿，不愁吃，不愁没钱使用，在书房里读书，不过解解寂寞，拦拦身子，并不要在诗云子曰里面掏摸些钱钞。"

人文连连点头道："诚哉是言也。令郎千斯仓，万斯箱，取之无禁，用之不竭，区区诗云子曰，何足道哉？"

福官把指头点着自己面皮，连连向春香丢眼色。春香会意，躲在太太背后，偷眼瞧先生的面部，但见他嘴巴一翕一张，网眼块的面皮也在那里一收一放，便抿着嘴只是暗笑。

胖太太又道："孩子翻着书本，便觉头脑疼痛。他进了书房，又不能抛着书本，只是呆坐。横竖书箱里的书本很多，他爱瞧什么书，你只翻给他瞧什么书。他爱听什么书，你只讲给他听什么书。总要引得他眉花眼笑，别惹他头疼脑痛。"

福官忽然插嘴道："妈妈，我别的书都不爱瞧，我最爱瞧的便是先生卧榻上面枕头底下藏着的几本青纸封面的小册子。"

这几句话不打紧，却把先生的网眼块面皮烘得和火炉一般热。人文生怕东家太太瞧破他的窘相，便倒垂了头儿，干咳了几声，凑到痰盂旁边装作吐痰的模样，遮饰了一会子。胖太太全没觉察，转问先生："这是什么好玩的书？先生却瞒着我孩子，不给他消遣则个？"

人文慌忙掩饰道："并没有什么好玩的书，不过几册《二十四孝》《文昌帝君阴骘文》，上面有图有说，令郎偶然瞧见了图画，觉得好玩。东家太太须知这几册书是很有益于身心性命的，岂但消遣而已哉？古人云：'孝人之始也。'又云：'唯天阴骘下民。'"

胖太太道："既是这么样的好书，先生便该放在书案上，讲给孩子知晓。因甚要遮遮掩掩，私藏在枕席底下？"

人文道："好叫东家太太知晓，似这般身心性命之书，我本待和令郎细细而研究之，无如东翁有言在先，他说福官读书，须把古来的圣经贤传读个烂熟，一切杂书都不许给孩子观览，免得耽误了书房里的正课。"

胖太太啐了一声道："你听了干瘪老头儿的浑话，盐钵头里也要出蛆。他懂得什么来？他是猴子戴着帽儿，表面上活像个人样儿，肚子里塞满着乱蓬蓬的茅草。要是风干日燥，须得火烛小心咧。他在读书上面，不但是个外行，还得加上一个'瘟'字。他是擀面杖做吹火管，真叫作一窍不通。孩子读书的事，自有我太太做主，我要怎么干便该怎样干，你只别听他的浑话。"

人文忙不迭地答应，说以后一切课程，都听东家太太主政，要是东翁有甚话说，我也向太太那边请示以后，再行定夺。胖太太方回嗔作喜，离着座位，手扶在春香肩上，说了一声再会，返身入内。

胖太太去后，人文对福官道："我这青纸封面的小册子，几时却被你瞧见来？"

福官笑道："瞧见的日子，大约在去年春间。记得一天黄昏后，我到书房找东西，瞧见你房尚没熄灯，我偷从窗儿外张这一张，但见你躺在床上，挂起半边帐儿，被窝里钻出一个脑袋、一条手臂，手执着小册子，在那电灯光下，喜滋滋地看个不了。你看书的模样，我一辈子也不会忘却。面儿涨得血一般红，嘴儿扯得喇叭花一般大。我早料到这小册子一定是什么好玩的书。后来乘你不在房里，我趴在你床上，翻被揭褥，找了个遍。好容易被我找取在手，也学着你的样儿，倚在枕上，把小册子看一个饱，遇着好玩的所在，你都加着浓圈密点，看时异常醒目。我实在得益不浅，从此便催着我妈妈替我做亲。今年大正月里，果然大吹大擂，娶了新娘子。这都是先生暗暗教导的功效。"

人文也笑道："你既然喜看小册子，我还有许多秘本，停会子再给你看。你只不许告诉堂上知晓。他们问你瞧的什么书，你只说是《二十四孝》《文昌帝君阴骘文》。"福官诺诺答应，不在话下。

要知卫老夫妇因甚把儿子送入书房读书，原来福官自娶了娘子，春宵漏短，蜜月情浓，什么事都不管，只图陶情作乐。这位铁脸团的团长又不避什么生人的耳目，不顾什么丈夫的生命，惹得卫老夫妇成日家愁眉不展，好容易想出这个计较，唤了福官进房，悄悄地问他可要留着这条小命，又叫他在镜子里自照容颜，比着去年拍的照片差了多少。福官一时清醒，露出惊慌的样子，夫妇俩才把他骗入书房，待过十天八天，再许他和娘子一起住。

胖太太的心里舍不得儿子进新房，又舍不得儿子进书房，因此会见卜麻子，叮嘱了好一番的说话。

回到里面，尚没有坐定，张妈急匆匆来禀道："新少奶为了少爷不进新房，赌气回娘家去了。"

胖太太气得手足颤动，一时说不出话。王妈又气吁吁来报道："不好不好，老爷正待出门，蓦地闯进一个疯汉，把老爷当胸扭住，要和他拼命呢。"胖太太听说，益发吓得呆了。

欲知后事，且阅下文。

第十六回

发癫狂扯掉豚尾辫
受痛苦踏扁凤头鞋

　　你道这疯人是谁？便是阿莲的老子沈根生。他在昆山车站无意中撞见女儿，决裂裂的无情汽笛催动车轮，一句话都不曾说，早已如飞地远去。当下拼着性命向前追赶，恨煞这两条腿没缚上神行太保的甲马，没踏着哪吒太子的风火轮，气喘吁吁地白跑了一程，哪里追赶得上？没奈何垂头丧气，一步一挨地回到租赁的半间破屋子里，躺在板床上，长吁短叹，尽着一夜地翻来覆去，不曾合拢着眼皮。到了来朝，随带些零用钱，屋子里几件破东西央托同居卖粽子阿三代为照管，他便搭着向西去的贫民小工车，直赴苏州，向卫善人家里探听阿莲出门的缘由。他的意思只指望女儿偶然出门，不久便有回来的消息，他好放下这条心，回昆山去做小贩，度那熬油也似的日子。天可怜见，留得这个苦恼身体，终有骨肉团聚的一天。要是女儿一去不回，没造化的爷女俩从此不得会面，那么这个苦恼身体，还要恋它做甚？

　　他到了卫家门首，只是舒头探脑价张望，却不敢大踏步跨入。看门的跛脚老张瞥眼瞧见了根生，一跷一拐地前来，忙问道："你又到这里来做甚？上回吃了亏，你也该知道这里的厉害。今番上门，敢又是来讨官司吃？"

根生撮起笑脸，赔了许多小心，说："无事不敢打搅，我只借问一声，阿莲这丫头可在府上没有？"

老张怕惹是非，推说仍在太太那边听候使唤。根生道："你别哄我，昨天明明见阿莲坐着火车，路过昆山车站，怎说仍在里面听候使唤？"

老张向里面望了望，又向根生招招手儿，引他到门房里面，轻轻地说道："这桩事和我没相干，不便向你多讲。但是你既瞧见了阿莲，我也瞒你不得。你要把女儿领回家里，今生今世再也休想。你的女儿已被人家买去做小老婆，买你女儿的是谁，我可不知道，便是知道也不敢向你直说。你不必到这里窥窥探探，这里虽说是善人门庭，其实只算得一个毒蛇窠。你在毒蛇窠里打转，中了蛇毒待怎样？你上一回蛇咬不死，已是多大的造化，这一回再要拨草撩蛇，你便没有命活。你识得风云气色，早早回家，自去做那小本营生，积蓄些钱钞，死后有人把你抬，把你埋，那便罢了。倘要女儿来送终，今生今世没你的分儿。你听着我言，快快走吧。"说时，把根生推推搡搡，推出了大门。待他走下了阶石，老张的肩上顿觉一松，分明跳出是非圈，脱卸了许多干系。

根生得了这消息，直把几年来的希望一齐打灭，离了卫姓门前，也不管东西南北，只是随着脚步走，脑筋里昏昏沉沉，眼睛里模模糊糊。分明是湛湛青天，根生只觉天色中间遮着一层薄雾；分明是瞳瞳丽日，根生只觉日光里面含着几分黑气。道上往来的车儿马儿，他都不省得避让，却待车儿马儿去让他，惹得车夫马夫连声喝骂道："你这人毕竟是死是活？人家恁般呵喝，你只当作耳边风。"根生任他喝骂，依旧没精打采地向前行走，走到没走处，待要撞额角碰鼻子，他才省得转弯。

约莫走了五六条巷，觉得乏了，一时没找个坐处，便在人家的阶石上面，坐着接力。垂倒了脑袋，暗想卫善人这般可恶，欺压我贫民，直到这般田地，只落得满肚皮冤屈没处去申诉。又想我只为无财无势，才遭着他的明欺暗算，要是我也有财有势，那么伸手向他要人，怕他不把阿莲还我？老天老天，你怎么不叫我也做个有财有势的人，发泄这一口冤气？想到这里，又仰着脑袋，呆呆地瞧着头顶上的一方天，仿佛待它答复的模样。往来行人瞧见他这副态度，有些不痴不颠，都向着他好笑。根生全没觉察，却恍恍惚惚似乎有人在云端里和他讲话，说什么沈根生你别糊涂，你的身份可不小了，财也有，势也有，大总统不是你的敌体，督军巡阅使不是你的对手，你只壮着胆儿，谁敢把你来欺压？你有什么冤痛，自去找那黑心人，和他理论，怕他怎的？

根生蓦地里似梦初醒，哈哈大笑道："我沈根生痴了半世，如今却被我醒悟转来了。大总统不是我敌体，督军巡阅使不是我对手，区区干瘪老头儿，怕他怎的？唾一滴涎沫也把他淹死，伸两个指头也把他掐作两段。"

根生道完这几句，恰似吃了一帖加料的兴奋药，早把一颗鼠子胆膨胀得磨盘一般大，忽地从阶石上站将起来，挺着腰，翘着肚，拔起脚步便跑。两条腿不知得了什么助力，恰似飞一般快。

路上撞倒小孩，踏坏小鸡，他都不理会，人家瞧见他两只眸子呆瞪瞪地注射，分明挂着神经病的招牌，便不敢把他扯住。

他没多一会子，早到了卫姓大门，挺胸凸肚，昂然直入。老张忙喝道："你来做甚，快快止步，这不是你乱闯乱跑的所在。"一壁说，一壁上前拦阻。比及老张跨出门房，根生早已跑上了轿厅。

也是卫善人合该倒霉，恰从里面走将出来，预备出门访友，和根生撞个正着。卫善人喝道："混……""账"字尚没出口，早被根生劈胸一把扭住，举起右手，拍肺也似的拍他的面皮。卫善人极喊道："你们快来！反了反了！"

根生大喝道："你这十恶不赦的卫黑心，待要逃到哪里去？我奉宣统皇帝的圣旨，民国大总统的命令，调集千军万马，把你们满门抄斩，斩个寸草不留。你擅敢私通番邦，把我们金枝玉叶的阿莲公主送出边关，嫁给那狼主爷爷做皇后，你犯了弥天大罪，该把你剥皮楦草，磨骨扬灰！"嘴里夹七夹八地浑话，手里接二连三地乱打。

老张上前救护，白白地挨了几下拳头，依旧分解不开。里面的男仆女仆都得了消息，齐举着门闩棒槌火钳竹竿，呐一声喊，向着根生身上雨点般地打来。根生死熬着痛苦，只是不肯放手。亏得账房李逢辰督同轿夫江富、谈贵，拼命地扯住根生左手，硬把他手指扳开，才放下了善人的胸脯。善人正待返身躲避，叵耐根生手快，又把他脑后垂的一条豚尾下死劲地一扯，在手上绕了几匝，任凭众人拷打，他只死不放手，越是打得急，越是扯得紧。可怜卫善人的一条豚尾，千辛万苦从革命时代保留至今，虽则没多几茎头发，然而拖在脑后，也好装那前清遗老的幌子，怎禁得根生拼命地拉扯，这一把头发，十成里面倒有六七成和头皮脱离关系。善人又是痛又是急，自出娘胎，从不曾遭着这般的痛苦。

那时胖太太早得了仆妇的报告，气喘吁吁地站在旁边跺脚，连骂："你们这辈奴才，怎么想不出主意？他不放手，便该取把刀子剁去他五个指头，看他放手不放手！"

李逢辰道："东家太太言之有理，快取刀子来，快取刀子来。"

有一男仆答应着，奔入里面，向厨房内觅取菜刀。众人围住着根生，防他滑脚脱逃。善人的一条豚尾，真叫作"其亡其亡，系于苞桑"。谁料根生虎吼也似的喝道："卫黑心，卫黑心，我把你割发代首，向大元帅帐下献功去也。"嘴里说时，手里下死劲地一扯，可怜这条小辫儿被他连根拔去。善人痛得发晕，头皮上添着鲜红的一块染料。说时迟，那时快，根生拎着发辫，向着人丛里乱窜，准备夺路奔跑。众人喊声不好，手忙脚乱，把根生当场捉住。

在这当儿，胖太太忽然伛倒着身体，嘴里哟哟哟一迭声唤起疼痛来。她为什么要唤疼痛？疼痛的不是丈夫老头儿的头皮，却是自己小脚儿。原来众人七手八脚，忙作一团，轿夫江富的一只脚偶不注意，却在胖太太的颖足莲钩上踏个正着。轿夫是专靠着腿脚度日的，这结结实实地踹踏一下子，胖太太尽够受用，直痛得眼睛前金花乱迸，背脊上冷汗直流。平日坐轿时，常骂着轿夫的脚下没力，到了今朝，才觉得轿夫的脚力却是很大。慌得春香伏在裙边，不住手地替着太太揉脚。众人在这当儿，一方面扶着善人，到里面去休息，一方面扭住根生，绳穿索绑，准备送官究办。一时乱七八糟，谁有工夫兼顾那胖太太脚上的痛苦？

方才入内的仆人，恰从厨房里捧出一柄切菜刀，授给账席李逢辰道："李师爷，刀在这里了，可要剁那疯子的手指？"

逢辰骂道："混账东西，直到这时才把刀子取来，老爷的发辫早被那厮扯掉了。"

胖太太忽然发喊道："且慢剁那疯子的手指，先把江富的五个脚趾——地剁将下来。"

江富才晓得自己闯下了祸事，赶快趴在地上，捣蒜也似的磕头。众人也替他说情，胖太太余怒兀自未息，把江富一顿臭骂，又唤春香上前，赏给这狗头两下巴掌，也叫他吃些痛苦。江富动都不动，尽着春香拍了两下，方才爬起来，谢过了太太，退立一旁。原来这两个巴掌，春香不过虚应故事，江富丝毫不曾觉得痛苦，单觉得手掌落处，一阵雪花粉香直钻入鼻孔。

那时大门外一片脚声，拥进七八个长大汉子，肩上的钢刀耀得人眼花缭乱，那些胆小的仆妇丫鬟，吓得倒躲倒避，又不知闹出什么事来。根生见着，却又哈哈大笑道："好了好了，大元帅的救兵来了，你们快快守住了前门后户，把这卫黑心全家老小斩个寸草不留，俺这里重重有赏。"

欲知后事，且阅下文。

第十七回

奉主命书馆骂先生
遵母教昆山访小贩

　　这六七名雄赳赳气昂昂的荷枪健儿，哪里是沈根生的救兵，原来在那忙乱的当儿，李逢辰打着电话，向警察局里报告，说宅里来了一个疯汉，扭住主人，分解不开，你们快来救护。局里得了消息，怎敢怠慢？调集几名警察，全副武装，来救卫善人出险。可惜迟到了半点钟，一发千钧，不能久待。好好的遗民招牌，打落在疯人手里，断送了圣朝辫子，光复了民国头颅，从此卫善人心里说不尽的烦恼。

　　警察进了大门，瞧见疯人业已捆倒，待要向卫善人请示办法，李逢辰便把方才的情形说了一遍，又说主人受了痛苦，在里面躺着休息，你们不必和他相见，单把这疯人打到局子里，尽着法律重重地办一下子便是了。警察诺诺答应，便令江富、谈贵把大竹杠穿着索子，扛抬着疯人沈根生，直出大门。这几名警察前后拥护着，押向局子里扶持。根生丝毫没有恐怖，哈哈大笑道："俺这里排导回衙去也。"

110

根生去后，宅子里依旧手忙脚乱，闹作一团。善人嚷着头痛，太太嚷着脚痛，李逢辰赶快打电话，延请医生到门，一方面替善人医头，一方面替太太医脚。看门的老张从地上拾起一条扯落的辫子，一跷一拐捧入账房，待要向主人献个殷勤，把马屁拍打一下。那时善人正包裹着头皮，躺在一张藤椅里面呻吟不绝，眼见着这一条辫子，和他厮伴五十多年，今日里忽向老头皮脱离关系，一经扯落，永远不能戴上头皮，不觉放声大哭起来。

　　李逢辰手接着辫子，忙向东翁劝慰道："东翁不须悲伤，只要吩咐修发匠把尊辫做个网巾，依旧戴在头上，谁能辨出真假？"

　　老张在旁插嘴道："老爷不用着恼，没有了辫子，头上光塌塌，好不自在。这叫作宰相头上光塌塌，苦人头上堆重发。"

　　善人听着他的说话，却把满肚皮的毒气都发泄在老张身上，喝一声："该死的狗奴，你老爷一条辫子生生地断送在你手里。你看守大门，管的是什么事情？却把疯子放入里面，前来害我。多分你存着歹心，和疯子串同一气。逢辰，你赶快把老张捆送官厅，和疯子一律治罪。"

　　逢辰奉着主命，立时狐假虎威，吩咐仆役去觅索子，真个要把老张扎缚手脚。慌得老张趴在地上，磕头不迭。仆役也在旁替他乞情，善人又把老张痛骂了一场，吩咐立时卷着铺盖，快快滚蛋，这里不用你这狗奴看守门户。老张没奈何，只得回到门房，把破东西掳掳掇掇，收拾作一包，背了包裹，走出卫姓大门，才敢发泄这一口穷气，骂一声该死的卫黑心，老子本来不耐烦替你看守这毒蛇窠，除了你家，难道老子没处吃饭不成？人人都怕你，唯有老子不怕你。嘴里骂时，却时时回转头来，亏得没有人跟在后面，他便一跷一拐地另寻主顾，自去谋生，不在话下。

卜麻子听得宅里闹出乱子，初时恐怕疯子闯入书房，紧闭了两扇门，不敢出外探望。后来听得疯子出远了，才敢开着书房门，摇摇摆摆地踱进账房，在那东翁跟前说了许多劝慰的话，回转身来，又央托里面的王妈多多拜上太太，说太太的宝脚受了痛苦，切忌包扎得紧，须得松去脚带，用新棉花蘸着陈黄酒，不论脚背脚心，搓之又搓，擦之又擦，不出三天，便可行动如常。此是秘传方法，所以活其血，止其痛者也。嘴里说时，却把自己的鼻子也在那里搓之又搓，擦之又擦。惹得王妈掩着嘴巴，几乎扑哧地笑将出来。

福官乘着先生出外，一溜烟跑到里面，也不管老子娘头痛脚疼，他只哭嚷着还我新娘子来。胖太太百般劝慰道："你好好地在书房里坐，过了一天，我便把你的娘子接来。你若不听我说，我便一辈子不许她上门。"福官没奈何，垂着鼻涕，自到书房里去读书。

春香坐在矮凳上面，替太太卸去莲瓣，松去脚带，一个大拇脚趾吃那江富踏破，兀自淌着鲜血。胖太太痛定思痛，千刀剐万刀剐地咒骂着轿夫。春香取着新棉花，替太太按住疮口，拭抹血迹。

王妈嘻嘻哈哈从外面笑将进来，瞧见春香捧着太太的一只光脚，益发笑个不止。胖太太骂道："没良心的臭婆娘，人家痛得要死，你却在旁边好笑。"

王妈道："我不敢笑太太，笑的是书房里的卜师爷。他方才叫我上复太太，说太太在这里脚疼，他在那里心疼。太太的脚疼得厉害，他的心疼益发厉害。"

胖太太点头道："难得他有这忠心，你便不该笑他。他又说些什么来？"

王妈道："他叫太太松放了脚带，用着多年的陈醋，把新棉花蘸个透湿，不住手地在脚趾上揉擦，立时可以止痛活血。他又演做手势给我看，说一定要这般地揉擦，才有效验。"

胖太太忙道："他演做的什么手势？"

王妈笑着说道："他把自己的鼻头当作太太的脚趾，伸着两个指头，在那鼻头上左一揉右一擦，说这是秘传的手法，包管可以止痛活血。他又说，你们不会替太太揉擦，区区愿拼着大半天的工夫，替太太医治这只宝脚。"说到这里，引得大家都笑了。

胖太太带笑带骂道："该死的贼麻子，谁要他管这闲事？他的鼻子惯浸在酸醋里面，我的脚趾却不用酸醋来浸。我们请他来教书，不是请他来揉脚。王妈，你可传我的说话，回复这个贼麻子，叫他安安稳稳地坐着板凳，除了吃饭撒屙，不许轻易走动。他只管住了自己的脚，人家的脚疼不脚疼，和他没相干，叫他少操着心吧。"

王妈奉着主命，麦柴当作令箭似的，一口气跑到书房里，传旨申斥，把卜麻子夹七夹八地一顿排揎。说话中间又加盐加酱，添了上许多作料。卜麻子想讨东家太太的欢喜，白白地惹了一场没趣，网眼块的脸皮红一块白一块，隔了良久，才能够恢复原状。

那时延请的医生早已到来，先看卫善人的头皮，再看胖太太的脚趾。医生道："伤势尚轻，并没妨碍。卫先生的头发亏得早收了顶，一条小辫拢总不过百十茎头发，虽则生硬地拔去，然而头皮上面，只有一块小小的伤痕，包管十天以内可以平复。至于太太的脚趾，益发不须着急，只要三天不走动，常把药水洗洗，便可霍然痊愈。"

医生去后，江富、谈贵又到账房里来回话，说把沈根生送局子里，审过一堂，依旧是昏天黑地，任意浑话。局里老爷说这是一个疯子，不便受理，先把他发往医院医治，待他疯病好了，再把他判定了罪名。卫善人叹了一口气道："但愿他癫狂大发，死在医院里面，才发泄了我的一口闷气。"

编书的且把卫氏家庭暂时按下，再说王芸士受了他姨丈的一场申斥，自己也深悔做事孟浪，无端铸这大错，险些儿不得下场。若不是佩芬从中解围，那么愈闹愈糟，益发叫他置身无地。大经吩咐芸士，赶快打发王升，找取阿莲的老子到来，定要完全他们的骨肉，芸士怎敢不依。

当下回到家里，见了母亲，先把恰才的情形一一禀告了。他母亲发怒道："我原向你说，你姨丈是个方正人物，叫他纳妾，他是一定不依的。从前你姨母在世时，只为膝下无儿，也曾劝你姨丈讨个偏房，绵延张姓的后代。你姨丈哈哈大笑，说晚年纳妾，分明是自寻烦恼，如何使得？眼见许多清白人家，都只为做家主的年老性不老，讨纳了年轻的偏房，闹得不清不白，丑声四播，制造了许多笑话。况且有子无子，都是命里安排。命里有子时，我和你早有了儿子，命里没子时，任凭讨纳多少偏房，也都没有。我们现放着一个亲亲热热的女孩儿，不好说是无后。将来嫁给人家，生有儿女，一样可继续我们的宗祧。孙儿和外孙同是嫡传的血统，分什么亲疏厚薄？每见人家讨纳了偏房，暗地里移花接木，偷天换日，表面上有了子息，其实种种黑幕，不要细说，以吕易嬴，早断绝了自己的血统。你姨母听了，从此不敢劝他纳妾了。这都是你姨母亲口讲给我听，所以你姨丈的行为方正，我却深信不疑。你背地里替他纳妾，难怪他要动怒。你从苏州买来的沈阿莲又是个血性女子，车站上遇见老子，她便拼命跳车。若不是王升一把拖住，阿莲这条性命早断送在你的手里。你只图着自己的婚姻，却把人家的性命作儿戏，试问良心何在？枉做了念书人，亏你干这忍心害理的勾当。"

芸士受了母亲的教训，背脊上冷汗直流，低着头只不作声。他母亲又道："你恰才抱怨阿莲，说她不该在老人前吐露真话。你可知阿莲的真话都是我叫她直说？我昨夜向她盘问底细，她把生平的一一讲给我听，我听了怎不心酸？便向她叮嘱道：'你明天见了张老相公，也要这般地依实禀告。倘有人叫你说谎，你万万不可妄听。老相公是一位正人君子，知道你血性爱父，一定不把你收作偏房。你或者因祸得福，倒有父女团聚的希望。'阿莲听了我言，果然在老人前吐露实情。你姨丈不出我所料，果然不把她收作偏房，反而限你找寻她老子到来，以便全人骨肉。芸儿，你瞒着我，瞒着姨丈，瞒着表妹，干这鬼鬼祟祟的勾当，委实是绝顶荒谬。我现在不咎既往，也限你把阿莲的老子找来，使他们父女相逢，弥缝你的过失。解铃全仗系铃人，你万万不能推诿。要是找不到她的老子，那么你的人格堕落，别说姨丈和表妹从此瞧你不起，便是我也不把你作儿子看待。"

芸士诺诺答应，立时带着王升，同乘火车，直达昆山，找觅这个做小贩的沈根生。好容易逢人访问，得了他的确实地址，比及寻到他家里，据那同居报告，说根生今日乘着头班车，向苏州访问女儿去了。芸士和王升扑了个空，觉得老大没趣。

欲知后事，且阅下文。

第十八回

王芸士肩荷湿木梢
张佩芬心伤苦社会

　　主仆两人气喘吁吁跑到昆山，却扑了一个空。芸士便想跟踪到苏州，踏破了铁鞋，也要把根生找到，才肯罢休。王升向他主人道："这却不用着忙。他到苏州找不到女儿，自会回来。有了他的住址，哪怕他插翅飞去？"又叮嘱那个和根生同居的道，"我们主仆俩是打从南翔镇上特地来找根生的，根生的女儿现在南翔镇上张大经老相公家里，他要父子相传，赶快来南翔访问张老相公，不费他一草一木，由他把女儿领回。我们张老相公素来多行善举，广积阴功，叫他不用疑惑，放胆前来，休得错过了这个好机会。"

　　那个同居的嘴里诺诺答应，心里起老大的疑惑，怎么根生偏和这些善人有缘？碰见了苏州卫善人，几乎把这条穷性命都断送了，现在又添上一个南翔张善人，多分也不是个好人。

　　王升嘱罢，便随着他主人芸士搭车回到南翔。比及到了家里，芸士待向他母亲面前禀告一切，却见他母亲朱氏正和佩芬在

117

里面谈话，芸士尚没启齿，佩芬却迎将前来道："好了好了，芸哥回来了。我在这里等候了多时，眼巴巴盼你回来，心窝里焦急得什么似的。不但我心里焦急，我家爹爹的一颗心比着我益发焦急。承你芸哥的美意，替老人家觅个嘘寒问暖的人，谁料老人家转添上一桩心事，大半天长吁短叹，只在屋子里打转，说害了人家的骨肉，这便怎么好……现在且别多讲，你只告诉我听，这个做小贩的沈根生想必和你一起来，快快使他们父女相会，把这可怜女郎给他领去，免得老人家担着一桩心事。"

芸士吞吞吐吐地答道："找是找到了，只是……"

佩芬抢着说道："找到了便好，你也不须下什么转语，人在哪里？快快领他去见老人家。要是去得迟了，老人家的眼睛都要望穿咧。"

芸士忙道："好叫佩妹得知，根生的住址是找得了，根生的人尚没找得。"当下便把方才的探问情形说了一遍。

佩芬听着，紧皱着眉心道："那么老人家的心事尚不能放却，这便怎么是好？"

朱氏道："甥女便请放心，根生一得了消息，早晚便该来看他女儿。要是不来，明天再着芸士去找他，便不怕他不一起同来。"

佩芬道："姨母，这却难说。听得他们父女俩一般都是至性至情的人，根生的意思，拼死也要赎回女儿，阿莲的意思，拼死也要跟随老子。这番根生跑到苏州，瞧不见女儿，知道女儿已卖给了人家，永远不得相见。我们替他设身处地地一想，怕不希望断绝，生趣索然？要是他怀抱着什么短见，死在苏州，阿莲知道

118

了，怕不随着她老子一路走？他们两条性命，毕竟害在哪个手里？我虽不杀伯仁，伯仁由我而死，我们精神上的苦痛，良心上的责备，从此以后将没个了期。"

芸士这时分明肩上了湿木梢，好生愧悔，勉强说道："佩妹神经过敏，据我看来，怕没有这桩事。根生既把女儿卖绝在卫家，可见他是个天性凉薄的人，瞧不见女儿，怎会觅死？"

佩芬道："芸哥的论调，纯是隔靴搔痒之谈。你是个膏粱子弟，怎晓得穷社会里面的苦痛？要是根生也似我们这般的人家，荒年不怕饥，腊月不愁冷，只懂得饭来开口，衣来伸手，那么他因甚要把嫡嫡亲亲的女孩儿抵给人家做使婢？我恰才向这可怜女郎细细地问她家世，说你的老子既然待你很好，便不该把你做抵押品。阿莲说这不是她老子的意思，却出于她的自愿。我听了很奇怪，便道：'你好端端不在家里住，却自愿抵给人家做婢女，这是什么意思？'阿莲呜呜咽咽把那年抵押的情形细细告我知晓，她说得异常沉痛，累我也赔却许多眼泪。"

芸士道："她说些什么？"

佩芬在椅上坐定了，芸士也坐在一旁，听她讲话。

佩芬道："这段痛史说来话长了。她道：'那年自夏至秋，三个月不曾降雨，爹爹租种的几亩田，枉费了许多血汗，粒米都没得收成。爹爹没奈何，瞧着田里的死稻，跑到苏州，向县里去报荒。踏进大门，尚不曾开口，早吃那做公的瞥眼瞧见，不问情由，恶狠狠提起皮鞭，雨点般地打来，把爹爹打出大门以外。可怜我的爹爹有苦没处申诉，忍气吞声，回到家里，终日哭丧着脸，竟想不出什么计较。待到秋尽冬来，城里的田主人家不管田里有谷没谷，早开着仓厅，预备收租。头限二限的限期，分明是阳世的阎王关，催租的谕单比着催命符还要厉害。狐假虎威的催甲敲门打户，百般地前来恐吓，逼得我爹爹上天无路，入地无门，和我妈妈厮对着，只是痛哭。

"'我那时正交十五岁，目见情形，心窝里痛如刀割。又见附近的人家为着田租逼迫，常有自寻短见的，便防着爹爹妈妈穷极无聊，也走着这要道路，因此提心吊胆，处处留意他们的行动。记得一天的夜里，爹爹妈妈足足地哭了半夜。在那哭泣的当儿，唧唧哝哝，不知说些什么话，待我要听时，却恨声音很低，再也听不清楚。便猜出事情不妙，一定要起什么变端，只得悉心静气，察听举动，彻夜都不曾合眼。

"'到了来朝，爹爹卷着床上的破棉胎，向外直走。我追上问道："爹爹做什么？"

"'他道："连日没有吃饱，肚皮都饿瘪了，且把这棉胎质当几百钱，买几升大米，大家吃一个饱。"

"'我道："肚皮吃饱了，床上没有棉胎遮盖，这般大冷天，怎好过夜？"

"'爹爹向我瞪着一眼道："痴丫头，只要肚皮吃饱了，什么事可不必理会。"

"'我觉得爹爹说话蹊跷，他出门时，便跟着他同走。比及到了市镇，把这破棉胎当了二十个铜圆，只够籴米一斤，净多着五个铜圆，却把来买了十匣火柴。我道："要这许多火柴何用？"他道："一天用不了，用的日子正长咧，你管它做甚？"

"'比及到了家里，把这一升米都煮了粥，爹爹妈妈逼着我先

120

吃。我道："我不觉饿，你们挨饿了多天，合该先吃。"

"'爹爹道："我嫌着烫嘴，你吃罢了我们吃。横竖有一罐粥，哪怕吃不够？"

"'我那里也饿得慌，便盛着粥先吃。胡乱垫着饥，吃了浅浅的一碗，便不敢再吃。却见爹爹取着一双竹筷，在粥罐里兜底地掏了一阵。我道："爹爹掏什么？"他道："粥烫得很，掏得温了，便容易下肚。"

"'也是爹爹妈妈命不该绝，蓦地里一阵硫磺气息，直向我鼻边扑来，我连喊着不好不好，赶快看这粥罐时，里面的粥都沾染了浅红颜色。原来十匣火柴头，一齐镶和在热粥里面。他们把好粥先让给我吃，待我吃过了，才下这毒药，预备毙命。我那时捧住粥罐，号啕大哭。他们抵死地来抢，我便摔破了粥罐，把热粥溅得满地。他们都伏倒在地上，待要舐吃那泼翻的毒粥，我极喊着左右邻舍，快来救命。亏得沿街浅户邻舍们闻喊便来，拖的拖，扯的扯，我赶快把地上的粥扫个净尽，他们才没有吞入肚里。

"'后来邻舍们都向我爹爹劝道："好死不如恶活，除了死法，总有活法。你便没钱偿租，也不该行这下策。你的女儿现在已十五岁了，只消抵押在城里绅富人家，充当一名粗使婢女，待过三年五载，再去取赎，依旧可以骨肉团圆，强如吞这火柴，死于非命。"

"'爹爹听了，尚不曾说什么，我早跪倒在地，向邻舍磕头道："只要爹爹妈妈不寻短见，无论把我抵押在哪里，我都肯去。"

"'当时有一个邻舍，便把我荐到卫善人家里，言明抵押洋五十元，三年取赎，连本和利，一总七十五元。爹爹妈妈含着泪送我出门，我却强作笑容，一些儿没有留恋的样子。临别时，爹爹亲向我说："留得青山在，不怕没柴烧。只要自己不死，无论如何总要把你赎取回来。"'

　　"这些说话，都是那年抵押阿莲的实在情形，可见穷社会里的种种苦痛，我们做梦也想不到。这番根生找不到女儿，或者重演自杀的惨剧，也未可知。我的预料算不得神经过敏。话虽如此，我也但愿他没有这桩事，早些儿骨肉团聚。芸哥费了这一笔买妾钱，总算成人之美。要不是呢，一着输棋，满盘都错，我们心抱不安还是小事，却叫老人家留这悲惨影像，深深地映入脑筋，一辈子抱恨无尽，这便如何是好？"

　　芸士听了这一席话，开口不得。朱氏又絮絮叨叨专把儿子怪怨。在这当儿，佩芬家里的佣妇来接佩芬回去，说老相公等得焦虑，毕竟阿莲的老子找到不找到，立等小姐回话。佩芬起身告别，没精打采地回去。

　　芸士相送出门，再三嘱托佩芬，叫她转禀堂上不用焦躁，这个沈根生包管在三天以内可以找到，我王芸士愿负个完全责任。佩芬点了点头，说道："芸哥本来自寻烦恼，找不到沈根生，你肩上的湿木梢再也卸脱不得。"

　　佩芬去后，芸士痴望着根生的到来。一天容易过去，王升只身归来，说事有蹊跷，根生一去苏州，两天没有归家。芸士好生着急。过了一宵，便带着王升，亲到苏州，访问根生下落。暂时按下。

话分两头，书却平行。话说沈根生发在医院以后，依旧手舞足蹈，痴迷不醒。院长怕他惹祸，用着一条大铁链，把他锁在一间黑暗的空屋里面，睬都不去睬他。根生又没个亲人前来看视，一切医金药费，又没有人肯担任，院里尽有优等的医生、道地的药剂，谁肯赔钱赔工夫疗治这个不名一钱的疯汉？所以根生锁住在医院里面，比着铁窗黑狱更觉凄凉。亏得他神经错乱，嬉笑依然，在那铁索银铛的当儿，还高唱着"俺这里权也有了，势也有了，大总统不是我敌体，督军巡阅使不是我对手"。

　　院长施里仁自接受了这个疯汉，倒担上了一桩心事，白白地给他屋住，给他饭吃，分明浇灌死桑树，有什么出息？又因这疯汉是官厅里发下来的，不好把他推出门外。辗转思想，正没做着理会处，忽然卫善人打发仆人，用着卫余庆的名片前来邀请院长，说有要事面商。

　　欲知后事，且阅下文。

第十九回

施医士得生财秘诀
卫善人挂仁义招牌

院长施里仁瞧了瞧名片，暗想我和卫善人不过是个泛泛之交，平日并没有交往，这番邀我议事，觉得有些突如其来。便向卫宅的仆人问道："贵上邀我去商议，端的为着甚事？"

仆人回说："详情可不知道，大约为着沈疯子的事。施老爷会过了家主，自见分晓。"

里仁听得"沈疯子"三个字，先自吃了一粒安心丸，暗想我正愁着在这疯子身上一些儿没有生发，卫善人邀我前去，一定肯担任这笔医药费。我正困倦时，他却送枕来，这般好机会，万弗错过。当下便遣仆人先行回去复命，说我立刻便来。

仆人去后，里仁忽一转念道：且住，这个卫善人是有名的象牙肥皂，凭你怎样擦抹，肥皂上不损丝毫。又是有名的朝天串头绳，只见钱串上，不见钱落下。他和沈疯子非亲非戚，因甚要担任这笔医药费？况且他又吃着疯子的亏，一条发辫生生地被疯子扯掉，难道他不记疯子的怨，反记疯子的德？不想以怨报怨，却想以德报怨？非也非也，一定另有别情。便是另有别情，他请着我去，一定有些生发，无论以怨报怨、以德报怨，经着我施里仁的手，怎肯轻易放过？凭你是个象牙肥皂，多少总要擦去几层。凭你是朝天串头绳，多少总要落下几个。

里仁的生财秘诀十拿九稳，恨不得立时便和卫善人会面。然而他的身子却迟迟不肯离开这所医院，这是做医生的一种习惯，人家要钱，全仗脚快，医生要钱，全仗脚慢，急惊风遇着慢郎中，相沿至今，成了一句老话。越是动身得慢，越见得医生的声价十倍，非比寻常。要是一请便到，不逾晷刻，在医生一片热心，救病如救火一般，然而病家心里倒引起了老大的疑惑，这位先生多分是本领平常，成日家没有病人上门，所以闻得一声请，似得了将军令，脚底踏着风火轮，赶快地前来博取这笔医金。似这般的失风郎中，以后别去请他。社会心理，脱不了势利两字，做医生的，谁肯把这俏眉眼做给瞎子看？落得大摆架子，挨一刻是一刻，哪管病家盼得眼穿，望得颈酸，只是迟迟我行，胖子的裤带——全不打紧。似这般的恶习惯，一半是医生摆架子装身份，一半也是病家的势利心理酝酿而成。

里仁前往卫宅，并不是去看什么病，然而疯子尚在，身份犹存，断不肯召之即来，呼之即往，贬落了鼎鼎大名的医学士资格。他在医院里空着身体没事干，却故意地挨磨时刻。挨到下午四点钟，卫宅的电话接二连三地打来，催他动身，他才吩咐轿夫提轿伺候。坐在一乘蓝呢轿里，四名轿夫轮流换肩，飞也似的抬向卫宅而去。

比及抬进大门，看门的已不是跛脚老张，另换了一个歪头小王。传进名片，回过主人，卫善人忙戴着网巾，拖着这条西贝豚尾，撮起笑脸，亲到轿厅，迎接这位医学士出轿。宾主同入花厅，彼此坐定了，叙过寒暄，送过香茗，里仁向善人头上瞧了一眼，便道："余翁头上的伤痕想都平复了？"

善人道："尚没完全平复，却幸伤处都结了痂，不去碰它，还不觉得疼痛。"

里仁道："那天的事委实危险。一个人发了疯，没有道理可讲，无事无端，竟和大善人寻仇作对起来，岂不奇怪？"

善人道："这真叫作无妄之灾。那个疯子和我昔日无怨，今日无仇，怎么下这毒手？亏得他是个疯子，倘不是疯子，人家便要疑着兄弟和他结下什么不解之仇，才发生这桩祸事。兄弟在里翁面前，开着天窗说句亮话，似卫某这般的门第，累世行善，从不曾干什么昧良勾当。别说没有记怨，外面很有几个感恩受惠的人，立着兄弟的长生禄位，朝朝拈香，夜夜叩头。别说苏州没人记怨，兄弟便走尽天边，除却疯子，再也找不出第二个和兄弟寻仇作对的人。可见社会上有了疯子，最是人类之蠹。"

里仁笑道："可不是呢，疯人和疯狗一般。疯狗见了人，不管好的歹的，只知乱咬，便是遇见了道高千丈的孔老夫子，也要咬他一口。"

善人点头道："正为这个缘故，特地来邀里翁商议一个善后之计。假如左近发现了一只疯狗，逢人乱咬，依着里翁的高见，便该怎样办理？"

里仁暗想，这老头儿倒也乖巧，我正要探他的口风，他却来讨我了断，说话时须得留意，万不可轻下褒贬，被他捉住了破绽。当下沉吟半晌，含笑说道："真个左近发现了疯狗，也不待我们做医生的定下主张。"便把大拇指一伸道，"余翁是苏州第一大善士，热心公益，不落人后，料想早定下了办法。"

善人皱眉说道："论到仁者之心，民命狗命总是一般。古人道得好，民吾同胞，物吾与也。民命不可轻忽，狗命也不可伤残。但是到了势不两立的地位，全了民命，便不能全了狗命，这般办法，里翁以为如何？"

里仁见善人已露了口风，便紧逼一步道："若要保全民命，便该怎样对付这只疯狗？"

善人道："这便何消细说？民命贵，狗命贱。把这疯狗药死了，便可救得一方民命。"

里仁笑道："余翁这般办法，仁至义尽，除却我们做医生的，谁不极端赞成？"

善人诧异道："怎么做医生的却不赞成此举？"

里仁哈哈大笑道："这是择术不同的缘故，叫作善士唯恐伤人，医士唯恐不伤人。依着我们医士的心理，最好左近多发现几只疯狗，东也咬人，西也咬人，不咬贫苦小民，专咬着身家殷实的，重重咬他几口，那些受伤人都送到我们医院里来疗治，所有的疗伤费，不是一千，定是八百，那么疯狗多咬一口，便替我们多拉拢一注生意。别说我们不愿把疯狗药死，反而要设立大大的长生禄位，当作衣食父母般看待。"

善人也笑道："里翁倒会取笑，要是疯狗不咬别人，专咬医生，你们待将如何？这些都是笑话，且别多讲。兄弟却有一桩正经事情，待和里翁商议。"说时，便凑头到里仁耳边，唧唧哝哝说了许多话。

里仁连连摇头道："这便如何使得？医家有恻隐之心，没的落井下石，上吊扳脚，下这狠辣手段。"

善人低声说道："里翁暂弗议论，尚有下文，和你到密室里去细谈。"

便引着里仁，同到一间密室里面，闭上了门，坐着讲话。善人道："里翁，你是个仁心仁术的好医生，似这般惠而不费的事，你合该见义勇为，当仁不让，暗暗之中，替社会增进幸福。况且这事仰仗了大力，少不得有个酬报。兄弟为着社会公益起见，便破些私囊，也所不惜。"说时便从铁箱里取出一卷钞票，向着里仁袖里一塞道，"这二百元钞票算不得酬报，不过表明兄弟为众除害的诚意。待到这事办妥了，尚有一笔相当的酬报，其数也是二百元。言明在先，绝不悔约。"

里仁嘴里连说"不消厚赐"，手里却把这一卷钞票逐纸检点数目，检点完毕，纳在怀里藏好了，顿时改变着论调道："余翁定下的办法，表面上看来似乎有些狠辣，其实算得仁至义尽，无非是救济社会的好意。这个沈疯子委实是人类中的蟊贼，万万宽恕不得。我们便把他医治好了，一交来春，难保他不旧病复发。疯病发一回重一回，病发时力大如牛，哪个阻拦得住？但看余翁住在深堂大厦，府上仆役又多，尚被他闯将进来，闹下这场乱子。要是小户人家，人手不多，也经他无法无天地逞凶起来，难保不酿成人命重案。我们为免除危险起见，也不必把这疯子毒死，只消锁禁他在暗室里面，由他发狂，睬都不去睬他，多则半年，少则三月，包管他病死在医院里面，断绝了将来的祸根，也

128

算积了一桩莫大的阴德。事关公益，在下该担任义务，不该接受余翁的金钱。然而在下辞却了金钱，这桩莫大的阴德便不能算余翁一人所独有，在下也不免分占了一半。不如受了金钱，使这桩莫大的阴德完全都归在余翁名下，将来天佑善人，一定得着美满的效果。"

当下秘室密谋，告个结束，卫善人虽破费了几百块钱，却发泄了一口毒气，心里恶毒得什么似的，嘴唇上却依旧挂着一扇仁义的招牌。里仁兴辞而出，善人相送到轿厅，看他上轿。临别时还凑在他耳边，嘱他代守秘密。里仁笑道："这是余翁的阴德，当然要代守秘密。余翁造福社会，有功不居，实在令人钦佩。"说罢，把手拱了一拱，坐轿自回医院。

轿儿抬出卫姓大门，里仁却在轿里咯咯地好笑，暗道：卫善人卫善人，你送我二百块钱，央托我下些毒药，结果这疯子性命，你的手段真比着医生还辣。医生把人药死，却是无心误杀，不是有意故杀。你要我把毒药杀人，我施里仁怎肯造下这个恶业？好在这个疯子锁禁在暗室里面，挨饥受冻，又没有替他治病，我便不下毒药，料想他也要病死。我白拿善人二百块钱。疯子死了，又有二百块钱的酬劳，又不曾坏了自己的心术，这般好机会，真是难逢难遇。

里仁满怀得意，回到医院，立传院丁谕话，把这锁禁的疯子严密看管，一天的饭食分作三天给发，卧时休给他被褥，只给些柴草衬盖。

院丁道："照这么办，敢怕这个疯子不是饿死，便是冻死。"

里仁怒道："你理会得什么？这个沈疯子是个单身穷汉，身

129

边一个小钱都没有，我们白给他饭吃，谁来承认这笔费用？你怕他饿死冻死，你可肯出钱，供给他的衣食费用?"

院丁碰了这个钉子，怎敢多嘴，只得唯唯而退。在这当儿，忽见门役前来禀报，说外面有一位体面少年，随带着一名仆役，前来拜望院长，说是疯子沈根生的亲戚。里仁听了，不禁满怀诧异。

欲知后事，且问下文。

第二十回

善逢迎雨覆云翻
经患难风平浪静

施里仁料想不到，这个穷极无量的沈疯子尚有亲戚前来探望，又听来人是一位体面少年，益发满肚疑惑，忙不迭地问道："这少年姓甚名谁？做什么职业？可有名片交给你？身上的衣服毕竟怎么样？"

门役回道："问他姓名时，他说是院长的朋友，不用通名报姓，见了院长，自会认识。身上穿的却是簇新的西装，领巾下面露出黄澄澄的表链，指头上面的钻石戒指一闪一闪，耀得人眼花缭乱，因此不敢把他怠慢，引导他到会客室里，专候院长出去会话。"

里仁肚里寻思，这人好生奇怪，簇新西装，金表钻戒，分明是上流社会的人物。我或者有这般的阔绰朋友，疯子哪里有这般的体面亲戚？敢是门役弄错了。待我出去一瞧，自见分晓。

比及跨入会客室，和那少年打个照面，便笑将起来道："我道是谁，原来是芸士。和你六七年阔别了，什么风吹你到这里？"

一壁说，一壁让座送茶。

芸士回说："偶然路过吴门，想起从前的老同学，多年没有会面，一来专诚拜谒，二来为着一桩贱事，要来相烦老哥。"

里仁把芸士的面貌端详了一下，便道："真个是居移气，养移体，大哉居乎。听说尊大人营业发达，日进斗金，是数一数二的商界巨子。芸士做了富家公子，毕竟气象不同，比着从前益发精神饱满，态度轩昂。兄弟在医院里混饭吃，做了一个吃不饱、饿不煞的院长。敝院经费又是异常竭蹶，从前曾蒙大力玉成，在尊大人和令姨丈张老先生面前，代呼将伯，慨助巨款，只是这数年来，诸事扩充，开销浩大，杯水车薪，何济于事？本地虽有几家绅富大户，对于公益事业大都不甚热心。在这骄奢淫逸上面，把金钱看得比泥沙还贱，若要劝他们在慈善机关里，量力补助，一个鹅眼钱却看得比车轮还大。因此这所穷医院很有些支持不下。兄弟本备着募捐副启，待要寄到府上，替那贫病交加的同胞请命，不道事有凑巧，大驾忽然光降，真是莫大之幸。"

芸士暗暗好笑，里仁分明穷昏了心，和我讲的话都是牛头不对马嘴，便道："兄弟此来并不为着捐款的事，只为贵院里面收纳着一个疯人，叫作沈根生，他是……"

里仁抢着说道："他是令亲吗？方才门役进来报告，说外面来了一位贵客，却是沈疯子的亲戚，兄弟只不信，难道……"

芸士笑问道："难道什么？"

里仁忙转变论调道："他也许是令亲，皇帝老子也有草鞋亲，这有什么妨碍？但是住在院里的沈根生，出身小贩，是个有腿没裤子的朋友。天下同姓名的人很多，不知令亲沈根生可是这个小

132

贩沈根生？"

芸士道："便是这个小贩沈根生。他虽算不得是兄弟的亲戚，但他和兄弟的关系比着亲戚还要重大。不但他和兄弟有关系，他和舍亲张老先生，更有重大的关系。"

里仁着惊地问道："这个小贩竟和令亲张老先生有重大的关系？请问是什么关系？"

芸士道："这却不便说明。总求老哥看舍亲和兄弟的分儿上，早把这疯子好好疗治。果然把他医好了，舍亲和兄弟那边都有相当的报酬。"

里仁道："足下但请放怀，医家有割股之心，越是贫病相连的人，兄弟越肯赔钱贴工夫，尽心疗治。这位沈先生虽然是个劳动社会里的人物，但是兄弟近来的主张，把这劳动神圣四个字，当作天经地义般看待。沈先生病发的当儿，在那卫善人家里闯下一场大祸，捆送官厅，发在敝院医治。要是趋炎附势的医生，便不免把病人置诸脑后，谁管他的存亡死活？兄弟却不然，他进院以后，便请他住上等病房，每日三餐格外优待，一切起居异常舒服。他进院没多几天，兄弟按日诊治，并没间断。还拣着贵重药品给他调服，也不管几百换一两的牛黄犀黄，都肯舍给他用。"

芸士道："这般优待，极感盛情。他住在第几号病房？待我去会他一面。"

里仁眉头一皱，忙道："且慢，发疯的人没有道理可讲。骤然和他相见，端怕肆无忌惮，得罪了贵客。待兄弟和他说明了，再请相见。"

当下里仁请芸士暂时宽坐，自己急匆匆地转到里面，传唤院

133

丁，忙不迭地问道："这个沈疯子现在怎么样了？"

院丁道："大铁链锁在屋子里，一时迷一时醒，一时唱歌一时痛哭。现在嚷着肚子饿，厨房里尽有吃不尽的白米饭，只是奉了院长的谕话，却不敢胡乱给他充饥，拼叫倒给狗子吃，只好眼睁睁瞧这穷人饿死。"

里仁笑道："方才的谕话我早取消了，有饭快快盛给他吃，三荤两素，和上等病客一例看待。大铁链不用锁着，把他迁到第七号病房，床铺被褥，快快替他预备。我住的房间里现多着一套新被褥，暂时借给他用。他要什么，你只诺诺连声，别道半个不字。"

院丁听着这话，分明丈二长的和尚，一时摸不着头脑，暗想敢是院长也犯了疯病，怎么一时晴一时雨，比着黄梅天气还转变得快？院长见他沉吟不语，立催他依照谕话办事，别多耽搁。你不想这贫病相连的沈疯子挨饥受冻，很是可怜，难得我院长发生这条慈悲心，你还不依着我干，你便是安着歹心恶意。

院丁没奈何，只得依着他干。走了几步，自言自语道："一会子当他冤家般看待，一会子又要当他亲家般看待，真叫人揣摩不出是什么道理？"

院长听了，暗暗地好笑道："这个道理有什么揣摩不出？有了金钱时，冤家也是亲家，没了金钱时，亲家也是冤家。"

待到一切布置都已妥帖，里仁才向会客室里，引了芸士同去看视病人。可怜这个沈疯子在黑屋子里拘禁了几天，又冻又饿，磨得身子早乏了，照着这般的待遇，挨不到一两个月，多分没有命活。也是根生命不该绝，蓦地里来了这位救命王菩萨，顿使刻薄的院长改良了待遇。三荤两素，吃得他舐嘴咂舌，出了黑屋子，迁入宽敞晓亮的房间，恰似从地狱里拔登天堂。向外安设一张铁床，叠着绉纱被头，院丁低声说道："你觉着困乏时，尽管躺在床上，休息一会子。这套绉纱被头，院长自己尚舍不得盖，却肯借给你用，多分你前世敲破了木鱼，因此强盗也发着善心。"

根生昏昏沉沉，也不管三七二十一，正觉得身上寒冷，骨节疼痛，有这现成的被褥，落得躺他一躺。院丁又服侍他洗过了澡，换了一套新衣裤，扶他上床安睡。一床锦被，掩盖着这个穷苦小贩。被窝里又温又滑，根生自出娘胎，恰是破题儿第一遭的受用。

在这当儿，里仁陪着芸士，同到病榻前来看视。里仁撮着笑脸说道："沈先生，你宽着心在这里好好养病，你的救星到了。这位王先生是很有名的慷慨丈夫，你病里的费用，都由他一力担当。你要什么，你只顾说，有钱不消周时办，除是截那苍龙头上的角，拔那猛虎口里的牙，其余件件般般，都可依着你干。"

根生在被窝里喝道："俺也不要跳入大海，截那苍龙头上的角；俺也不要飞上高山，拔那猛虎口里的牙；俺只要点着三千精兵，杀上番邦，把我家金枝玉叶的阿莲公主夺将回来。"

芸士忙喝："沈根生，你别糊涂，你家阿莲公主并没有送上番邦，好好在家里住着。只要你病体痊愈，包管你骨肉团圆，度那一辈子快活日子。"

根生向芸士瞪了一眼，忽地把被头撂在一旁道："好了好了，阿莲有了下落，我没有病，我便和我女儿相会去。"说时，便待爬下床来。慌得院丁把他按住了，叫他别忙。芸士也在旁喝道：

"根生，你忙什么？你安安稳稳住在这里，明天便叫你父女相会。你若装痴作疯，便是一百年也不会骨肉团圆。"

根生听说父女相会，乐得什么似的，便道："明天真个和我的阿莲相会，我便安安稳稳住在这里，动都不动，闹都不闹，要是动一动闹一闹，任凭你们再把大铁链锁我在黑屋子里。"

里仁忙道："沈先生，你别说疯话，你又说疯话了。"

当下便陪着芸士同出病房，回到会客室里坐定。芸士道："看来他的疯病尚属容易疗治，心病只要心药医，明天见了他的女儿，便该病去一半。"

里仁忙问他的女儿端的在哪里，怎会想出疯病来。芸士道："原来老哥尚没知晓他的疯病的来路，咳，说来正自可惨呢。"便把阿莲怎样抵押与人，根生怎样赎女不果，胖太太怎样虐待使女，怎样把阿莲打个半死，怎样设下计策，把阿莲送入女医院，怎样骗她出门，却把来卖给人家，原原本本说了一遍。又道："阿莲现在舍亲张老先生家里，老先生立志要成全他们的骨肉，却叫兄弟到处物色根生的踪迹。方才在苏州车站，碰见一个跛脚老人，他和小仆王升认识，王升道他便是卫姓的门役老张，根生的踪迹大概他应该知晓，便向老张问时，他便一是一二是二，把根生发疯胡闹，后来捆送官厅，发下医院的情形，告我知晓。因此找到这里来，得和老哥相见。"

里仁道："既然知晓了他的病根，疗治起来益发容易见效。包在兄弟身上，不出十天，一定药到病除，永不再发。只是敝院经费竭蹶，务求足下向令姨丈面前竭力说项，补助这所医院。有许多无告的人，身受大惠，比着完全他们俩的骨肉，功德还要加倍咧。"

芸士满口应承，却见天色将晚，还要搭着夜车赶还南翔，向姨丈那边复命，当下起身告别，里仁相送出门。王升在门房等着麻烦，瞧见主人出来，便随着芸士同返南翔。

这里沈根生自此交着好运，脱离了这个难关，风平浪静，再也不遇什么阻折。然而卫善人家里，一波未平，一波又起，重重叠叠，打不破这许多难关。

欲知后事，且阅后文。

第二十一回

还娘家存心离异
开宾座满口文明

石三小姐那天负气跑回娘家，硬逼着她母亲赶快去请笪姨太太到来，商量延聘律师，和卫姓断绝婚姻关系。石太太正数着百八牟尼珠，喃喃讷讷地念那白衣观音经，瞧见女儿到来，不免打断了经卷。什么律师不律师，离婚不离婚，觉得突如其来，猜不透女儿的命意所在，只是听着发怔。

三小姐道："也算我搠尽了霉头，嫁给这倒霉人家。谁稀罕这个小鬼？除了小鬼，难道没有相当的丈夫？难道天下的丈夫都断了种？只听得各处闹着钱荒米荒，没听得各处闹着丈夫荒。似这般的小鬼，哪里在我的眼里？早早一刀两断，断绝了关系，各走各的路。我也不认得他，他也不认得我。"

石太太道："啊呀，你们好好的一对小夫妻，听说新房里面相亲相爱，大家都扯开了笑口，和欢喜佛一般。我听了正替你们快活，怎么翻起脸来，却便小鬼长小鬼短地混骂？我听时也觉肉疼，怎么你骂时倒不觉得口软？好孩子，你别使性，有话总好商

138

量。新风新水，且别把丈夫混骂。"

三小姐道："谁和他翻过脸来？只为我不曾翻过脸，倒惹那胖婆娘在旁边吃醋。人家娶了媳妇，总巴望小夫妇甜甜蜜蜜、亲亲爱爱，独有这个胖婆娘，却是比众不同。她见我们百般地恩爱，便动了醋性，百般地不自在。人前人后，常说我是狐狸精转世，妲己精再生。又常在小鬼面前，离间我们的爱情。一会儿叫他在老房里住，一会儿叫他在书房里宿。胖婆娘的心思，分明要叫我守着空床冷被，做个挂名的新娘，守那一辈子的孤孀。他妈这般存心，我便拼着和那小鬼离婚，遂了她的心愿，也省得她和我吃醋。"

石太太道："阿弥陀佛，这是怎么说起？我自从生了耳朵，只听得大老婆和小老婆吃醋，没听得做婆婆的和媳妇吃起醋来。别说你不服气，我听了也很诧异。"

当下赶忙向笪公馆里打电话，催那笪姨太太快快前来，说有要事商议。电话催了两三次，笪姨太太方才坐着马车，来到石家。入门下车，便问因甚见召。三小姐一见姨太太，不待她坐定，便嚷着："承你的美意，替我撮合着这般好亲事，进门不过一个月，气气恼恼倒受了许多，简直把我的肚子都要胀破。我眼睛里的美貌男子也不知瞧见了多少，谁稀罕他们家里的一个小鬼？既然仗你的力把亲事撮合，也该仗你的力把亲事拆散。俗语道得好，屠户死了，人家不吃带毛猪。撇去了这个小鬼，哪怕丈夫绝了种。"

三小姐的兄弟老四也帮着他姐姐代抱不平道："谁稀罕这小鬼做姐夫？有我姐姐这般好容貌，哪怕没有美貌男子和她做一对儿？要几个有几个，要几打有几打。"

姨太太莫名其妙，忙道："你们闹的什么，我听了只是一百个不懂。"

石太太道："姨娘请坐下了，待我细细讲给你听。"

当下彼此坐定，石太太便把女儿负气回家的事一一说了，又道："这事须得仰仗姨娘的大力，商量一个两全的法子。姨娘和亲家太太素来很是投契，请你在亲家太太面前善言劝导，叫她别管闲事，安安稳稳地在家里做婆婆，儿子媳妇房里的事，和她没相干，落得装痴作呆，由他们去甜甜蜜蜜、亲亲爱爱，谁要她做婆婆的吃那不相干的醋？老三那边我也要好好地劝导一下子，既然踏上了人家的红毡毯，须得有成人的体格，不比在家里时，动不动便闹那小孩的脾气。俗语道，两好合一好。大家耐了这口气，那便大事化小，小事化作无事了。"

姨太太笑道："谁不是这般说？她们婆媳俩的感情我早在暗地里调停过一番。那天胖太太向我说：'我家儿子做亲没多时，面庞早瘦去一圈了，娶来的媳妇却不料是一部刮肉机器。'我道：'太太快别这般说，要是令媳真个会刮肉时，那么你便是一副头号的刮肉机器。你家卫老爷的全身肉彩，都刮在你胖太太身上，你却有嘴说别人，没嘴说自己。'她被我塞住了嘴，没的什么说，却又和我商量，要把儿子留在老房里住宿。我便劝她道：'这不是个万妥的办法，好好的一对小夫妻，分拆他们在两下里住，鱼儿挂臭，猫儿叫瘦，那便益发不妙了。你只悄悄地吩咐令郎，叫他保重身子，我在令媳那边，也是悄悄地婉劝一番，这般办法才算稳妥。'胖太太听了点头赞成。后来我和老三见面，也曾在有

140

意无意间，把许多好话来劝导。她是漂亮人，有什么理会不得？我只道经这一番调停，大家都没事了，却不料又闹出这个乱子。胖太太端的听了谁的撺掇，定下这条计较，你们不便去问，我却不怕事，偏要去问一声。这里有电话，我便向卫宅打个问讯，看她在家不在家。要是在家，我便在电话里和她交涉，看她怎样对付。"

说时，便嗖地立起身来，忙忙地去打那电话。经了许多时，只不听得卫宅的回话，姨太太不觉诧异道："她家的人都到哪里去了？怎么没人来接电话？我只不信，不把这电话打通，誓不甘休。"

好容易经了多时，听得有人回放。姨太太在电话里发怒道："你们这辈浑蛋，吃了主人的饭，青天白日，都在那里打盹。"

却听得电话里问道："你是哪个？且别乱骂人。"

姨太太道："我是笪公馆里的太太，找你们太太讲话。你是哪个？"

电话里答道："我是账房李逢辰，这里闹得六缸水浑，不成了样子。敝东家的辫子都被人扯掉，东家太太的脚趾都被人家踏扁，太太有话，且待缓日再说。"姨太太再待问时，问煞也没人回答。

当下姨太太回到客座里，向着娘女俩笑说道："卫姓家里又不知闹出了什么笑话，老头子被人扯掉辫儿，胖太太被人踏破脚趾，忙乱得不成模样。打电话去，都没人接受。"

石太太道："啊哟，为着小夫妻分上，倒累他老夫妻打架起来了。胖太太这双小脚，怎禁得起老头子践踏？老头子这条小辫，怎禁得起胖太太拉扯？一个踏破脚趾，一个扯落辫子，闹得太厉害了。还得姨娘去劝解劝解，多年的老夫妻，没的一言不合，便和冤家一般看待。"

姨太太道："这事来得诧异，一定另有别情。卫老头子见了胖太太和血滴子一般怕惧，汗毛都不敢碰动她一根，怎敢去踏她的小脚？别说扯掉一条辫子，便把老头子的脑袋割掉，他也只得伸长着脖子，尽着胖太太去割断，没有丝毫抵抗。"

石太太道："照此说来，毕竟闹些什么一回事？"

三小姐发嗔道："妈妈管什么闲事？我和卫家断绝了关系，任凭他们闹出什么事，都和我没相干。便是老头子的脑袋被人家割去，胖婆娘的双脚被人家砍破，我也只当作秋风过耳，谁耐烦去探问根由？"

姨太太笑道："老三怎便毒恨得这般？从来没有解不开的怨仇。我今天事忙，还有人家约着去打牌，过了一天，待我到你婆婆那边竭力劝导，全凭三寸不烂之舌，包管把你的新郎君从书房里劫将出来，夜夜和你做伴。你只耐着性子，别把离婚两个字挂在口头，人家离婚总有个理由，你的理由委实不充足，便请到了大律师，也不能做你的保障。"

石太太也在旁劝道："姨娘说的都是好话，你别执定了主见，不受人劝导。"

三小姐道："要我重进卫姓大门，除非胖婆娘登门谢罪，说明以后不再干涉我们新房里的事，才消得我这口怨气。"

姨太太道："你要婆婆向你谢罪，这事只怕办不到。然而无论如何，我总想个法儿，唤你的新郎君到你面前谢罪服礼，好歹总给你一个面子。我今天事忙，不能在这里多耽搁，再会再会。"说时，匆匆起座，告别而去。

姨太太去后，三小姐又乱打电话，什么铁脸团、探艳团，都给他们一个消息，说我做了一个月新娘，恰似钻入闷葫芦里一般，险些儿闷出病来。现在逃出葫芦谷，在自己家里吸纳自由空气，依旧社交公开，你们快快来呀。似这般的电话打去，比着会亲的符箓还灵，探艳团里的先锋大将萧白莲第一个告着奋勇，气吁吁地跑来和三小姐相见。见面以后，便道："三妹三妹，正月十八的一天，我见你坐着闷不通风的旧式花轿，雇着许多卑田院里的花子，掮旗打伞，前拥后护，把你拥向卫宅而去，我那时不禁叫起撞天的冤屈。似你这般漂亮人物，算得自由界的明星、交际场里的解语花，合该指定最开通的场所，采取最文明的礼式，和那最风流最倜傥的少年，行那唯一无二的正式结婚典礼，才算是珠联璧合，不委屈了你三妹这般好容颜、好风韵。偏偏天不作美，把你嫁给这腐败人家。料想守财奴的儿子，怎懂得风情月意，三妹三妹，难怪你心头懊恼，我也为着你心疼。"

三小姐道："可不是呢，那天我坐在花轿里，也隐隐听得你的嗟叹声气，分明你代着我不平。我不觉痛上心来，恨不得摔去了方巾，揭起了轿帘，跳下街心，和你絮絮叨叨地谈一会儿心事。"

三小姐正和萧白莲情话缠绵，那些应召而来的男朋女友，三三五五，争来话旧。真个是男女杂坐，履舄交错，把这会客室里挨挨挤挤，坐满了一屋子。三小姐左顾右盼，哈哈大笑道："这才算破除男女界限的文明大会。"

谁料她母亲石太太独自在净室里面，却担着满腹的心事，暗暗诵着佛号道："南无大悲观世音菩萨，这便怎么是了呢？我只道嫁出的女儿泼出的水，进了卫姓的大门，好好歹歹，都和我没相干。她偏又负气回家，聚着这许多不尴不尬的少年男女，团坐一室，被人家传将出去，只道我姓石的失了家教。其实不是姓石的家教不好，却是姓卫的门风不好。阿弥陀佛，我但愿笪姨娘调停以后，卫姓那边早早把女儿接去，也使我早早放下这条心事。"

欲知后事，且阅后文。

第二十二回

夜阑灯灺学究讲书
人去楼空痴儿害病

三小姐自回娘家，忽忽已是三四天。在这很自由的家庭过日子，没拘没束，比着卫善人家里，另换了一番天地。成日价社交公开，和这辈青年男女嘻天哈地，有说有笑，比着新房里面专和卫福官做一对儿，觉得热闹了许多，真叫作"此间乐，不思蜀"。笑吟吟地向众宣言道："有你们几位知心好友和我做伴，我便一百年不和卫姓的小鬼见面，也都不在我的心肝上。"

谁料卫福官的心思却和她成了一个反比例，听得浑家负气回娘家，恰似失乳的婴孩一般，啼啼哭哭，只唤着"还我的三姐姐"，屡次要向岳母家里，把浑家取回来。胖太太余怒未息，怎肯答应，只强逼他到书房里读书。说你手捧着书本，把这颗心专放在书本里面，一切胡思乱想自会除掉。等到你身体复原以后，再把你浑家接回，定个住宿章程，几天在书房里宿，几天在新房里宿，既不抛荒你的功课，也不掏虚你的身体，才是个稳妥办法。

行距福官没奈何，只得和浑家通个电话，劝她早早回来。谁料三小姐在电话里面把福官一场奚落，说道："我是刮肉机器，你别和我亲近。远一步好一步，要我回来做甚？你也别和我讲话，开口不见四两肉，你和我讲一句话，端怕也要刮去你身上四两肉。"

福官碰了这个钉子，老大没趣，忙道："三姐姐别生气，万事看我分儿上。我不曾说你什么。"电话里早已寂寂无声，不闻回答。福官哇的一声，却在电话箱边哭将起来。

胖太太闻悉其事，又差遣王妈到书房里责备先生，说从今以后，不许把少爷放出书房，一举一动，都要师爷留心监察。少爷走到哪里，师爷便跟到哪里，哪怕茅厕坑侧尿桶脚边，也要师爷紧紧地跟着。卜麻子胃口真好，忙不迭地诺诺答应。王妈走了，他便长长地抽了口气，暗想这是哪里说起，又要我做先生，又要我做奶娘，又要我做侦探，一身充三役，我又没有三头六臂，叫我怎样担当这许多干系？转念一起，却又暗暗地好笑道："我可痴了。但看政界里的红人，越是差使充当得多，越是不负丝毫责任。表面上挂着三五个兼差，实际上却是一事不办。我只如法炮制，和他们虚与委蛇，唤我做先生，便是先生，唤我做奶娘、做侦探，便是奶娘侦探，表面上件件负责，实际上件件不负责。谁叫他们求全责备，把许多木梢一齐搁在我肩上。可惜我的两肩和滑石般滑，任凭搁上多少木梢，只是滑溜溜地滚下，一根也不会搁住。"

卜先生既打定了主意，他这一颗心便移到胳肢窝里，只要把

146

福官羁縻住了，不到书房门外去走动，他便算尽了先生的责任。只是圣经贤传怎能把福官羁縻得住？好在枕席底下的秘册早被福官瞧破，也不用遮遮掩掩匿在床帐里私看。似这般破天荒的第一奇书，何妨公诸同好，把来当作有兴趣的教材材料，也好使孩子安坐在书房里面，不想到外边去走动。说也稀奇，福官捧了这本青纸封面的小册子，果然看得津津有味，不想到外面去乱跑。看过一册又一册，遇着不大明了的所在，自有卜先生随时指导，把其中无穷的奥妙发挥一个净尽。

这时卫善人头上伤痕尚没平复，因此不到书房里来走动，卜先生更觉肆无忌惮，把那四书五经收拾一边，和福官交头接耳、口讲指画，专在那小册子里用功夫。有时讲得起劲，卜麻子的口角馋涎，一点点打在小册子上，把来浸个湿透。

胖太太时时打发佣妇，到书房里察看动静，端怕福官私出书房，又去和那放荡的媳妇通电话。佣妇进来报告说，少爷并没私出书房，眯花着眼睛，专在那里用功看书。卜师爷凑近着少爷，唧唧哝哝地和他讲书，只是听不清楚。胖太太道："你是个蠢材，又不曾识过字，他们在那里讲书，你怎会听得清楚？"又暗暗地宽慰道："好了好了，孩子懂得在书本上用功夫，这条邪念便容易丢过了。难为这位卜先生，拣着有兴味的书本，和孩子细细研究。待到端阳节，须得重重地送他一副节盘，也不辜负了他的美意。"

笪姨太遇见胖太太时，也曾从中调停，劝她早把媳妇接将回来，免得伤了婆媳俩的感情。胖太太哼哼地几声冷笑，道："我并没有叫她回娘家去，她自己要去，也不向我说过一声，一跑便跑了。她既懂得自己跑出门，便该懂得自己跑上门，为什么要我去接她回来？"

姨太太道："你不接她回来，端怕令郎抛她不下，牵肠挂肚，想出什么病来，反而不妙。"

胖太太道："我起初也防这一着，很是委决不下。现在却放心托胆，尽没妨碍。好在书房里的卜先生教导有方，孩子的一颗心完完全全放在书本上面，一切胡思乱想，都已丢开。她便一辈子不上门，孩子也不会把她挂念。"又道，"这个宝货上了卫姓的门，好好的人家闹得七颠八倒，不但孩子身上被她刮去了多少肉，连累老头儿的一条发辫蓦地里被疯子连根拔去，我的一个大拇脚趾几乎被轿夫踏个稀烂。多分这贱人的运气不好，因此闹出这般的笑话。"说时，便把根生上门胡闹的事，一一讲给姨太太知晓。

姨太太道："我昨天在电话里听得这个消息，正自奇怪，只道你们老夫妻相骂淘气，闹出这般的笑话，原来半腰里杀出程咬金，蓦地里起了这意外变端。这是年灾月晦，你们也不须忧闷。这个疯子也忒丧心病狂，他不省得太太的一片菩萨心肠，好好地把他女儿嫁给富户人家，有吃有穿，一辈子享福不尽，论理也该感恩。他不感恩，颠倒上门来寻仇，天下怎有这般的糊涂人物？据我看来，便该大大地定他一个罪名，定他一个无期徒刑，叫他一辈子在牢狱里过活，永远不见天日。"

胖太太冷笑道："似这般说，还是轻放他。疯子不死，我们

148

这口气再也不能发泄。"

姨太太又说了些闲话，起身告辞。临走时，又劝她别和媳妇斗气，早早把她接将回来。家和万事兴，落得揉揉肚子，安安稳稳地度那快活日子。

胖太太斩钉截铁般说道："她自己上门来，我也不把她推将出去。要我差人去接她，无论如何，只是一百个办不到。"

姨太太暗自生嗔，我好意来劝她，她却推额不动，挂着真不二价的金字招牌，一些儿没有更变。横竖婆媳淘气的事，和我媒人没相干。媒人专把小夫妻撮合成亲，成亲以后，好好歹歹，都不是媒人分上的事，何苦赔唇贴舌，抓个虱来放在自己头发里乱搔。

姨太太去后，胖太太心里感激卜麻子，一切饮食上面，格外道地。福官吃什么，先生也吃什么，比着从前的"青菜缝中藏肉屑，黄齑头上顶肝油"早已大不相同。每天早晨的燕窝粥、牛奶、咖啡，先生例得配飨。到了下午，横一道干点，竖一道湿点，吃得卜麻子舐嘴咂舌，恰似猪八戒吃着人参果一般。到了晚间，又特地端整着一壶陈年的花雕酒、几色下酒菜，预备先生讲书时也可助些兴致。卜麻子乘着几分酒意，益发兴高采烈，把这许多家藏的秘本，一齐传授了这位高足弟子。每逢夜阑灯地，师徒俩在卧室里面兀自有说有笑，快刀切不断地谈话。胖太太益发宽慰道："野马果然引上了道路，难为这位好先生，放出良心来教导。孩子和先生在一起住，多少总得些好处，强似被这狐狸精百般鬼迷，弄得面黄肌瘦，不成了模样。"

149

谁料相隔没多天，书房里的卫福官益发面黄肌瘦，不成了模样。胖太太便又不叫儿子上书房，延医调治，忙作一团。渐渐支撑不起，卧倒在床，睡梦中间也一迭声地唤三姐姐。胖太太心头懊悔，不该把他们小夫妻拆散，以致孩子想出病来。医生也说病人动了相火，不如釜底抽薪，早早遂了他的心愿。逢着进药的当儿，福官又拒绝不进，说道："不是三姐姐亲捧药碗，拼死也不要吃药。"

胖太太到此地步，没有什么法子，只得耐着一口气，自去央求笪姨太太，托她向石三小姐那边疏通意见，叫她不要记着前嫌，瞧这孩子分儿上，快快回到夫家，料理病人的汤药。倒惹那姨太太冷冷地说道："我那天好意相劝，早把令媳接回，免得令郎想出病来，你却摇着头，咬着牙，只说一百个办不到。到了如今，怎又办得到来？"胖太太搭讪着脸儿，招赔了许多不是，千恩万谢又说了许多央托的话。姨太太却不过情分，只得替她在三小姐那里代为道歉。

三小姐正和一辈自由男女搅得火炭般热，落得在家里快活，再也不肯到这倒霉人家，受这肮脏龌龊气。石太太百般劝导，说既是婆婆把你接回，你的面子也有了。树高千丈，叶落归根，终是夫家的人。好孩子，你便听着我的言，胡乱到那边去走一遭吧。三小姐经此劝导，渐渐回心转意，便向笪姨太太声明在先："要我住在卫家，须得婆婆向我当面道歉，我才气平。要是依旧摆出长辈的面孔，我便兜转身儿，把个脚底给她看。"

姨太太便把三小姐的意思告诉了胖太太。事到其间，胖太太也只得诺诺连声，拣着吉日，吩咐轿夫江富、谈贵把三小姐接将回来。福官一见了浑家，果然眉花眼笑，增长了许多精神。按下不提。

且说卫善人头皮受伤，许久没有出门。一天，正在账房里和李逢辰闲话，忽然接到施院长的来信，说院里的沈疯子今天私自逃走，遍处找寻，早已不知了去向。善人看过信后，不觉暗暗唤声啊呀。

欲知后事，且阅下文。

第二十三回

交好运根生愈心病
装假发遗老挂头衔

哈哈，医院里的沈根生怎会蓦地里脱逃起来，分明是施里仁医士得钱买放，弄下这个玄虚。瞒得过卫善人，却瞒不过阅者诸君。

根生的发疯，受病尚浅，本不是什么难治之症，一时间忧愤过度，脑筋错乱，遂有这般的癫狂行为。俗语道得好，心病只消心药医。王芸士前来视病，道出了阿莲的下落，这一味灵验如神的心药，比着施医士口头的牛黄犀黄功效万倍。根生真个安安稳稳住在病房里，断绝了胡言乱语，也不说什么阿莲公主嫁给狼主爷爷，也不说什么调集三千精兵杀上边关，把公主夺将回来。

比及到了来朝，芸士带着阿莲从南翔搭着火车，赶到苏州病房里面，父女相会，一时不及讲话。阿莲抱着她老子只是痛哭，原来一样的涕泪，却有两样的作用，悲有悲泪，喜有喜泪，逢着悲喜交集的当儿，须得淌了一会儿涕泪，才能放出笑声。圣人作易，所以道一句先号咷而后笑。父女俩抱头痛哭了一会子，医院里的人见了这情形，也替他们酸鼻。芸士在旁，也赔了许多泪点。施医士伸起衣袖，只把这一双眼睛干擦，眼泪没半点，眼圈却擦得红了。

根生见了女儿，怕她又要离别，便下死地一把拖住道："好孩子，我和你死也在一堆，活也在一块儿。你要上天，我跟着你上天，你要入地，我跟着你入地。"

施医士忙说道："沈先生，别着急，我只留着令爱和你做伴，待你病体痊愈，令爱和你一起出院。"

当下阿莲真个留住医院中，侍奉老子。芸士重重地送给里仁一份酬金，言明根生病愈以后，尚有相当的酬报。临别时，又说了许多嘱托的话，里仁满口答应，不消细说。

忽忽七八天，根生精神复原，预备离院。芸士那边自有里仁写信通知，便又备了酬金，来领他父女俩出院。里仁道："阿莲小姐听凭足下领去，这位沈先生却是县里发下来公事。他的病体虽然医好，他的公案却不曾注销。案关殴辱乡绅，非同小可，合该报告官厅，归案办理。这是一定的手续，公事公办，不得不然。要是听凭足下领去了，官厅忽然提起人来，兄弟怎么担得起这个干系？"

这几句话不打紧，却把胆小如鼠的沈根生吓得发抖，和吓呆的松鼠一般。阿莲唤声啊呀，呆巴巴地盼到骨肉团聚，依旧是一场空梦，忙向里仁央告道："先生，可怜我爹爹的病体新愈，再也禁不起许多磨折。你把我爹爹放了，我愿投身到公庭，替我爹爹受罪，要剐要杀，我都不怕，只不要把我爹爹磨折。"

芸士见里仁这般装腔作势，早已猜透了他的心思，便向里仁

153

使个眼色。里仁会意，便道："阿莲小姐且别着急，待我和王先生从长商议，看有什么法儿，保全你老子。"当下便约了芸士出去秘密商议。然而父女俩的心里依旧是忐忐忑忑，猜不出是凶是吉。

隔了一会子，里仁笑嘻嘻地走来说道："沈先生，你尽放大着胆子，和令爱一同出院。官厅一方面，我自有对付的方法，任凭天塌，也有我这长子顶住，你只走你的路，不用担惊受怕。"又向阿莲道，"方才的话，并不当真。官厅要人不要人，不成什么问题，这是我有意出个难题，试试你的天性。阿莲小姐，你委实是个贤孝女子，经我一试，便试出你的至情至性，可泣可歌。大汉时代有缇萦，民国时代有你这位小姐，一般都是奋不顾身，肯替她老子受罪。"

阿莲见里仁翻翻覆覆，一时做好，一时做歹，暗想这个人倒是球子般心肠，令人捉摸不定。他既许我们出院，合该趁早便走，要是走得迟了，他的球子心肠骨碌一转，说不定又要变起卦来。当下父女俩谢过里仁，便随着芸士同出医院。

里仁送他们出了院门，回到里面，从怀里掏出两大卷钞票，眯花着眼睛，逐张逐张地检数，一个人自言自语道："亏得我想出这个难题，又多赚了二百块钱。连那医药费酬劳金，拢总赚了六百块钱。加上卫善人送我的二百块钱，便是八百块钱。可惜善人许我的第二次酬劳金，我却没法去取，要不是便凑成了整数一千，存在银行里，周息八厘，每年又添了八十块钱的入款。"忽又扑哧一笑道，"卫善人卫善人，你的心肠忒狠，你的手头又忒啬。你许我四百块钱，两次支付，叫我行这伤害天理的勾当，未

154

免把我施里仁的价值看得忒低了。我这一颗鲜红的良心，岂是区区四百金便可改换了颜色？现在我赚了加倍的钱，又不曾坏了良心，这般好买卖，何乐而不为？但是善人那边，须得想个方法把他瞒过了，才是道理。"当下搔头摸耳一会子，便想定了主意，写着一封信，前去通知，只说沈疯子乘人不备，私自逃出医院，不知下落，现正着人四处寻访，是否可以寻到，尚无把握云云。

卫善人得了这封信，又气愤又懊恼，呆了半晌，只叫得一声苦也。李逢辰见了奇怪，忙问东翁因何发恼。善人恨恨地说道："我吃了这番痛苦，竟没有报仇雪恨的机会，想起来怎不怒发冲冠。"说时，把头上的帽儿向着桌上一撂，手摩着光光的头颅，只是咬牙切齿。

逢辰瞧了瞧东翁的头颅，研究这"怒发冲冠"四个字，几乎扑哧地笑将出来，暗想笑不得笑不得，笑了东翁益发要着恼。忙把笑声收回了，扮出很愁闷的态度，紧皱着眉头说道："东翁恨的是谁？请道其详。"

善人道："除却沈疯子，还有谁呢？"便把这封信授给逢辰道，"你且瞧瞧这封信，可恨不可恨？可恼不可恼？便宜了这个疯子，白白地断送了我的一条辫子。"

逢辰看罢书信，沉吟了一会子，便道："其间事有可疑，听说疯子在医院里是用大铁链锁着的，怎能轻易逃走？莫非施医生受了他的贿赂，背地里把他放走了，却写着这封信，前来搪塞东翁？"

善人道："你虽虑得不错，然而世故人情，你毕竟阅历尚浅。这个腰无半文的沈疯子，两肩扛着一张嘴，却把什么来通贿赂？

155

所以得钱买放的一层，料想没有这桩事。不过大铁链锁着，怎会乘隙脱逃，却叫人很难索解。待我亲到医院，向里仁问个明白，也好打破这个疑团。"

当下戴了帽儿，吩咐江富、谈贵提轿伺候，抬他到医院里去拜会院长。临上轿时，又暗暗唤声啊呀，怎么我心慌意乱，出门拜客，却不曾挂着遗民招牌？什么叫作遗民招牌？便是编在网巾上的一条西贝豚尾。他在家时，懒戴着网巾，但是每逢拜客的当儿，一定套上网巾，脑后垂着一条豚尾，便算二百六十余年皇恩雨露的纪念品。当下回到里面，戴上了网巾，方才坐轿向医院而来。

且说里仁在医院里，料到卫老头儿得了通告书，一定要上门质问。他已吩咐院丁，把这链子上的大铁锁送往打铁铺里敲作两段，然后把来摆在一边，预备善人问及，自有说话对付。

比及布置完毕，善人恰正上门。宾主要见以后，善人开口第一句便说："铁链锁住的沈疯子，怎的被他脱逃了？"

里仁道："说也奇怪，指头粗的铁链子，竟锁他不住。他乘着夜间，竟把链子上的大铁锁扭作两段，独自开着院门，一去不知下落。比及众人睡醒，大门早洞洞地开着。起初只道是院里来了偷儿，后来遍处搜查，一件都不曾缺少，单少着黑屋子里锁着的疯子。一条大铁链摆在地上，一把加料大铁锁断着锁梗，也摆在一旁，才晓得他扭锁潜逃。他会扭断这把大铁锁，这蛮力委实不小。"说时，便唤仆役把这铁锁送上，请卫老爷验看。

善人看这锁梗足有葱管般粗，果然扭作两段，断痕尚新，见了怎不吐舌。里仁道："从病理上研究起来，凡属害疯的人，都有不可思议的蛮力，这是一种病象的表现，不足为奇。兄弟在东京留学时，听说春木町有个疯汉，素来手无缚鸡之力，但是一逢病发时，却有九牛二虎之力。一天，他在疯人院里逃将出来，胳膊粗的大铁栅，都被他敲作两段；拳头起处，几尺厚的墙垣，打个透明窟窿；脚尖落地时，几百斤重的铁香炉，都踢到十码以外。你想他的蛮力可惊不可惊？若论这个沈疯子，还算蛮力中之小焉者也。"

善人本没到过外洋，由他东京西京信口胡诌，哪有不信之理。便道："既这么说，分明是虎兕出柙，为患匪浅。身受其害者，正不独兄弟一人。为民除害，吾辈须得尽一番责任。待兄弟见过县长，发出缉拿的赏格，定要把他缉拿到案，办处永远监禁的罪名。冥冥之中，也好替那社会造福。"说时，又把仁义招牌挂在面部。

里仁笑道："为害社会这层倒不消虑及，他在医院里口口声声只说冤有头，债有主，定要第二次闯入尊府，和余翁为难。这几天内，余翁须得格外防护。万一遇见了他，余翁既没有第二条发辫被他拉扯，况且他的蛮力又比初发病时加上了好几倍，被他抓住了，休说一位余翁挣扎不脱，便是饶上十位八位，也不免遭他的毒手了。"

善人听说，心头着慌，暗想我这干瘪老头儿，怎有把铁锁结实？被他轻轻一扭，便要筋断骨折。打蛇不死，反受其害，这便如何是好？当下凑到里仁耳边，喃喃讷讷，责备他谋事不忠，要是早把疯子毒死了，便没有这桩事发生。

里仁凑过头去，轻轻地说道："这是他命不该绝，也是兄弟的财运不通。这几天内，正待下些毒素，结果他这条狗命，便好向余翁领取第二次酬金，谁料他闹出这个乱子，生生地把我二百块钱闹掉了。便是余翁格外原谅，仍把酬金见付，兄弟也无颜领受。"说时，皱着眉儿，做出很懊丧的样子。

善人没得什么可说，倒抽了一口气，怏怏告别。回到家里，立唤门役歪头小王，吩咐此后倘有面生人上门，休得轻易放进。

善人每逢出门，存着戒心，不敢跨步便走，预派着仆役在门外东西探望，生怕这个疯人又来和他作对。一面又去央求县长，出那捕拿疯人的赏格。县长冷冷地说道："疯人没有捕拿的必要。他果然在外面闹事，自有警察前来干涉，否则由他自去谋生，何必逼人太甚？老先生提倡慈善事业，似这般贫病无告的人，当在哀矜之列，放他一条生路去吧。"

善人又没得什么可说，依旧倒抽了一口气，怏怏告别。回到家里，只是手摩着这个光头颅，恨恨不已。

谁知一波未平，一波又起。福官病好没多天，又感冒了风寒，病倒在床。三小姐侍奉丈夫，照例便该衣不解带，眠不贴席，福官才有病起的希望。叵耐她把"不"字换作了"必"字，越是侍奉殷勤，福官的病势越是加重。一夜，胖太太睡梦初醒，隐隐听得新房里的福官哭丧着声调喊道："三姐姐，饶了我吧！"胖太太吃这一惊，真是非同小可。

欲知后事，且阅下文。

第二十四回

半夜悲声祸生肘腋
一场幻梦病入膏肓

卫福官在新房里面，哭喊着"三姐姐饶了我吧"，夜阑人静，发出这般凄惨的声浪，端的为着甚事？三姐姐又不是强盗，难道要结果他的性命不成？三姐姐又不是魔鬼，难道要勾摄他的灵魂不成？然而闺房里面的风月宝镜本有正反两面，正面是美貌如花的女郎，反面便是杀人如麻的强盗；正面是软玉温香的佳人，反面便是青面獠牙的魔鬼。无奈世上的贪色男儿，都似《红楼梦》里的贾瑞，死捧着这面风月宝镜，只不肯掉转来看它的反面，甘把这宝贵身躯，断送在脂粉强盗妖娆魔鬼的手里。比及性命呼吸的当儿，才唤一声"饶了我吧"。哼哼，绑了上法场喊救命，便喊破喉咙也都没用了。

闲话少说，胖太太听得这般的声浪，分明是当头一棒，打破她的抱孙观念。别说抱孙，儿子都不保了。当下一骨碌从床上爬将起来，散披着衣服，待要大踏步闯入新房去。叵耐这纤纤金莲，只懂得缓步轻移，一旦叫它大踏步行走，纵使心窝里告煞奋勇，两只脚只是一百个不肯。胖太太又不会趿着鞋皮行走，定要把一双凤鞋结束停当，才能够跨步出房。那时心慌意乱，连唤着"怎么好怎么好"，胸头一口气按捺不住，两只手簸筛也似的颤动。拾起床前凤头鞋，向着脚上便套，越是匆忙越是迟慢，套了一会子，再也套不上脚，仔细一看，原来倒提了这只鞋儿，却把凤头向着脚跟上套去，宜乎格不相入。

却听得新房里的福官又唤着第二声"三姐姐饶了我吧"，比着第一声含糊了许多，分明有人掩住了他的嘴巴。胖太太又疼又痛，又气又恼，手里束缚着凤鞋，嘴里颤巍巍地唤道："阿福好心肝、好孩子，你别惊慌，娘来了。"又气愤愤地骂道，"没廉耻的贱人，丈夫病到这般地步，你还和他厮缠不清。你的面皮端的是什么做的？"

比及鞋儿束缚停当，赶快拔门闩，开房门，脚乱步忙，忘了跨门槛，吃那门槛一绊，虽不曾绊倒在地，然而这个伤痕才好的脚趾碰得怪痛，一阵啊哟之声，又耽搁了一会子。好容易一跷一拐，扶墙摸壁地走到新房门首，见房门牢牢地关着，伸手敲门，只不闻房里有人答应。

胖太太喊道："阿福心肝儿，谁和你混嬲，你开了门，细细地告我知晓。"

喊了良久，依旧不闻房里有人答应。胖太太又喊道："亲亲热热的心肝儿，敢是这贱人和你混嬲？你怎么不则声，不开门？难道你不爱着这条性命？"

才听得福官在房里说道："妈妈，这是……啊哟喂，三姐姐，别拧我的大腿，我可不敢说了。"

胖太太发怒道："该死的下贱妇人，你安着什么歹心恶意，半夜三更，却和你丈夫这般混嬲！"

房里又没人答应，但听得唧唧哝哝，仿佛三小姐和丈夫讲话，却在枕头上指示方略。隔了一会子，福官才说道："半夜三更，敲门打户，只有你老人家和我来混嬲。你自去房里安歇，我们新房里说说笑笑，和你们没相干，你别操着心吧。"

胖太太听得儿子这般说，几乎把这个大肚皮都要气破，呆了半晌，不曾开口。又听得房里的媳妇吱吱咯咯，正在那里好笑。胖太太骂道："贱人笑我做甚？你是个长舌妇，专在枕头边撺掇男人和我来斗嘴。贱人呀，长舌妇呀，眼见你跪在岳爷爷的坟前，朝也被人鞭打，夜也被人唾骂呀！"

骂声尚没有停，床上卧着的三小姐可也按捺不住这口恶气，便发出一种刮辣松脆的声调，破口大骂道："你这失心疯的胖婆娘呀，我和你河水不犯井水，没来由半夜三更敲门辱骂，你端的安着什么歹心恶意呀？我和你儿子同床合被，行那周公之礼。这是明媒正娶，上不瞒着天，下不瞒着地，谁要你吃这不相干的醋呀？你早是要吃醋，用什么花花轿大吹大擂把我迎娶进门呀？"

胖太太这一气益发非同小可，倚在房门上，竟号啕痛哭起来。吓得仆妇丫鬟都从睡梦中惊醒，披衣下床，忙问甚事。卫善人也被她哭醒，急匆匆拖着鞋皮，踢踢踏踏地出房，气喘吁吁地问着浑家道："你好端端睡在床上，为什么跑到这里来痛哭？"

胖太太受着媳妇的气，却在丈夫身上发泄道："你这个糊涂虫呀，躺在床上和死狗没两样呀，要不是我醒觉得早，这孩子怎有命活呀！"

善人摸不着头脑，忙问端的是怎么一回事。胖太太又哭骂道："泥塑木雕的糊涂虫呀，你枉生着两只耳朵，却不听得儿子在房里喊饶命呀？半夜三更，妖精作祟，叫我儿子哪里挣扎得起呀？"

善人听说是妖精作祟，吓得倒退了几步，忙唤着佣妇道："快快到书房里，请出天师的镇宅符，贴在房门上，包管可以降邪伏魔。"

胖太太啐了一口道："你正那里做梦呢！房里的妖魔，什么张天师李天师都赶不出。这是我们卫姓的晦气临门，今年正月十八花花轿儿大吹大擂娶来的，便是这个贱妖精呀！"

善人听着，才明白说的是媳妇，胆气便壮了几分，忙道："妖精怎会作祟？快快告我知晓。"

胖太太正待说时，又听得房里妖精唧唧哝哝，和福官在枕头上讲话。福官道："快别这般说，他们要生气……啊哟喂，三姐姐放了手，我便这般说……啊呀，爹爹妈妈，你们半夜三更，敲门打户，大哭小叫，这便是妖精作祟。"

胖太太指着善人道："你听听啊，这贱妖精挑拨男人，竟骂起老子娘来了。啊呀，阿福我的心肝呀，我巴巴地十月怀胎，三年乳哺，养得你这么长那么大，别的好处都没见，却落得你骂一声妖精呀！"

善人也气得抖抖道："真真岂有此理，放其黄狗之屁！"

胖太太哭着说道："你别把孩子骂呀，这不是他的主张，全是贱妖精的挑拨呀！"

那时仆妇丫鬟见房内房外闹得厉害，险些儿要闹出打架来了，纷纷上前劝解道："老爷太太权且回房休息，待到来朝再和少爷少奶奶理论。"

胖太太哪里肯依，擂鼓也似的敲门，定要把贱妖精拖将出来，和她讲理。但是房门擂得紧，福官在床上哼得厉害，擂一声门，福官便哼一声啊哟喂。善人又不禁惊异起来，想到从前白娘娘盗取库银，县官捉到许仙，当堂责打板子，白娘娘暗遣五鬼，把许仙挨受的板子移到知县太太的臀上，许仙挨一下打，太太叫一声痛，这便是五鬼搬运的魔术。现在这里擂门，儿子那边叫痛，莫非媳妇真是个妖精，也在那里行使这五鬼搬运的魔术？当下便劝浑家且莫擂门，待到明朝再说。胖太太明知是媳妇使刁，没奈何只得回到老房，自去歇宿。仆妇丫鬟们见主人主母都睡了，便也各自安睡，不待细表。

待到来朝，善人夫妇因隔夜闹了这一场，起身略迟。比及开了房门，正待唤媳妇出来讲理，王妈早上前禀告道："少奶奶起了个大清早，头也不曾梳，早坐了轿儿，自回娘家去。临走时她说，今生今世再也不上卫姓的大门。我们因老爷太太不曾起身，所以不曾来禀告。"

胖太太道："由她回娘家去，我们今生今世，再也不把这妖精接取回来。"说时，便和善人同到新房里，瞧看福官的病体如何。

却见福官倚在枕上，只是呆呆地发怔。胖太太道："儿呀，昨夜贱人怎样和你混嬲呀？你觉得身体怎么样呀？"

福官瞧瞧他老子，瞧瞧他娘，口角儿一动，鼻翅儿一扇，双眶眼泪索落落地滴下，抽抽咽咽地说道："爹爹妈妈，你们替我早婚，断送了我的……"说到这里，竟放声大哭起来。

他一哭不打紧，竟把这痴望抱孙的一对老夫妻，打破了沉沉迷梦，你瞧着我，我瞧着你，说不尽的许多懊悔。胖太太哭道："好孩儿，我害了你了。"

善人去摸他的额角，觉得着手热烘烘的，瞧瞧他的面庞，瘦得不成了模样，便回头向浑家说道："孩子的病势委实不轻，这便怎么好？"说时忍不住地淌了一阵泪。

太太道："阿弥陀佛，亏得这贱妖精今天走了，要是她在这里，便休想孩子病好。现在快快延请有名的医生，把孩子医好了，写着一纸休书，休去了石姓的妖精，另娶一位贤能的媳妇。"

善人拭着泪道："孩子病好了，再不敢替他提起亲事，须待三年五载以后，他的身体结实了，那时办这喜事，尚不为迟。横竖得孙迟早，莫非命也没有了，贪了赊账，折了现货。"

老夫妇自悔自尤，不须细表。且说福官的病势一天一天地沉重，遍请了中西医生，前来视病，只落得人人吐舌、个个摇头，无非说一声另请高明，实在无能为力。其时福官业已神志不清，语言模糊，直着嗓子，喃喃呐呐不知背诵些什么。

胖太太哭道："可怜的孩子，病到这般地步，依旧还念着经书。"

善人侧耳听时，不觉老大诧异，原来福官背着的都是极不堪的秽亵小说。当下根究缘由，哪里来的不良小说，被孩子读得烂熟。胖太太哭道："除却贱妖精，谁把这劳什子讲给孩子听呀？孩子倘有三长两短，一定要和这贱妖精拼一拼死命！"

话休絮烦，且说福官一病匝月，挨到四月十八的一天，三魂渺渺，七魄悠悠，竟脱离这躯壳而去，享年不过十五岁，离着结婚恰恰三足月。善人夫妇哭得死去活来，不消细说。但是一片哭声里面，却有一个人满怀欢喜，暗暗道：福官一死，我的好消息多分不远了。这人是谁，却不是石三小姐。

　　欲知后事，且阅下文。

第二十五回

遇祸变丫鬟起野心
破机谋先生丢老脸

卫福官绝命的当儿，老夫妇号啕大哭，痛不欲生。合宅的仆妇丫鬟也来凑个热闹，你一声好少爷，我一声好少爷，眼泪没半点儿，哭声却格外地响亮。就中有个妖妖娆娆的春香丫头，也立在尸床前面，把丝巾干揩着眼睛，一声声地哭喊少爷。嘴里哭的是"少爷你死得苦呀"，心里存的是"少爷你死得好呀"。

原来福官这一死，春香野心勃勃，大有幸灾乐祸的意思。只因卫老头本是个好色之徒，早想讨纳几个偏房，软玉温香，娱乐他的桑榆暮景。然而在这胖太太势力范围以内，纳妾两个字怎敢轻易提出？有时老头儿话里藏机，有意无意，半吞半吐，约略透露些口风，谁料话才出口，雨点般的涎沫早向脸上唾来。胖太太带唾带骂道："天杀的，你安着什么歹心恶意？放着我在世，你要讨纳偏房，今生休想！"老头儿诺诺连声，再也不敢撩蜂拨蝎。

旁边仆妇丫鬟瞧在眼里，忍不住咯咯地笑。胖太太又怕人说她吃醋，未免有关体面，便竭力地表白一番道："你们笑什么？

166

敢是笑我吃醋？哼哼，这便是老大的缠误了。我太太生平最恨的是人家老婆恶狠狠和男人吃醋，全不想自己肚皮不争气，不曾生得一男半女。丈夫讨纳偏房，本是传宗接代的大道理，将来生有子息，自己做那现成母亲，有什么不快活？因甚要吃起醋来？似这般不明道理的妇女，委实令人痛恨。若论你家的老爷，却是情形不同。有了这么长那么大的孩子，却还要讨纳偏房，怎不惹人家笑话？要是你老爷膝下空虚，不曾生得子息，那么他便不想讨小，我也要用着强硬手段，挪给他几个小老婆。"

卫善人听在耳朵里，深悔儿子养得太早，却断绝了这条纳妾的门路。家里几个丫鬟，唯有春香最是玲珑乖巧，深得胖太太的信任。她又善于修饰，每日价搔首弄姿，溜眼送媚，引诱得这个干瘪老头儿两眼火绰绰，三尺垂涎几乎要拖到脚背上面。从来知夫莫若妻，胖太太知道这只馋嘴猫儿到老都要偷食，自然用着十二分的精神，把他处处提防。而且严禁春香，不许和老爷言语兜搭，每逢出门的当儿，总带着春香同走，免得干柴烈火放在一起，闹出什么乱子。然而俗语道得好，只有千年做贼，哪有千年防贼？任凭胖太太防闲得紧，这条腥气扑鼻的鱼儿，毕竟被这偷食猫儿骗到了嘴里。

且住，卫善人是个干瘪老头儿，和春香年龄相去约莫有三十岁上下，春香的眼里又不掺着石灰，怎么鬼鬼祟祟和这老头儿做一对儿？原来春香的眼里虽不曾掺着石灰，善人的嘴里却是甜津津地滴下糖来。他说："你和我勾搭上了，你的福分可不小。将来看个相当的机会，把你娶做偏房，不和太太在一起住，另在阊门城外辟个新宅，我和你安安稳稳地度那快活日子。所有钱财由你使用，吃又吃不了，穿又穿不了，你便是第二个太太，一样可以呼奴唤婢，坐马车，看夜戏，这般日子你想快活不快活？”

春香听得心花怒放，便和老头儿搅得火炭般热。她想老头儿的皮肤是干瘪的，老头儿家里的元宝却不干瘪，看这元宝分儿上，便胡乱和他做一对儿。主婢勾勾搭搭，除却胖太太全没知晓，宅里的仆妇人等却都瞧在眼里，只不敢在主妇面前搬唇弄舌。一来春香的人缘很好，所有婆婆妈妈暗地里百般勾结，联为一气；二来善人怕他们搬弄是非，便打破悭囊，掏出些银钱，塞住他们的嘴巴，因此胖太太那边再也不会走漏了消息。

后来福官病重，胖太太一心在孩子身上，防闲上面比从前宽松了许多。善人虽也惦念着孩子，然而有这妖娆婢女和他打搅，万叠愁肠便宽松了许多。有时拥着春香，含笑说道：“你看福少爷的病是不济事的了。少爷倘有三长两短，卫姓少了传宗接代的人，我便不想说讨小，太太也要硬替我讨个偏房。那时你便是堂堂皇皇的姨太太，也强似现在偷偷摸摸，担了许多惊吓。”

春香听了，益发暗暗快活，她想果然另辟了一个宅子，不和胖婆娘在一起住，一切使用称心遂意，这便是天大的福分。就算美中不足，嫁了这个干瘪老头儿，然而嫁他的是我的身子，若说我的一颗心，却依旧不曾嫁他。苏州城里的美少年车载斗量，哪里数得清？据我这副面貌，还加着绫罗被体、珠翠盈头，打扮得和公主娘娘一般，手头的银钱又宽绰，那里放出眼光，从许多美少年里面，挑选个头等照会的郎君，和他亲亲热热做一对儿，只要做得秘密，不给老头儿知晓，他便奈何我不得。

春香既这般着想，所以福官的病状一天一天地沉笃，春香的

168

希望却一天一天地切近。她又是个随机应变的人，当着善人夫妇，愁眉泪眼，仿佛惦念着小主人，异常悲惨；背着善人夫妇，却是扯开了嘴，心窝里甜甜蜜蜜，宛比哑巴拾着黄金，说不出的欢喜。这天，她正在人丛里哭少爷，纵然哭得悲悲切切，却全是石乌龟喝水，叫作口不应肚。

善人夫妇商办儿子的丧事，第一要唤回媳妇回来，披麻守孝。依着胖太太心里，很想和石三小姐断绝关系，似这般害人的妖精，还要唤她回来做甚？善人含泪说道："太太，不是这般说。可怜这孩子养到了十五岁，大吹大擂做了亲，要是下棺的时候，没有抱头送终，没有披麻守孝，不但体面有关，并且孩子在泉台也不瞑目。太太，你便耐着这口气，暂时唤这贱人回来，守孝成礼。待过了七七四十九天，孩子殡葬的事都已完毕，那时反转面皮，把贱人一场臭骂，驱逐出门，也不为迟。"

胖太太素来拗着丈夫，不肯听他说话，现在方寸已乱，想不出什么主意，便道："唤这贱人回来也好，我正装满了一肚皮的气恼，没处发泄。待她来时，便不抽她的筋，剥她的皮，也要当着诸亲百眷，用着铁链把她牢锁在死人脚上，才消我这口恶气。"当下便唤着长班轿役，先到城外石姓家里去报丧，催促少奶奶立刻前来，休得迟延。

轿役去了一会子，回来报告说，少奶奶不在娘家居住，一礼拜前到上海，至今尚没回来。石太太得了这里的凶信，准备打电报上海，催促少奶奶回苏。大约今天不能赶到，明天总该回来。

胖太太倒抽了一口气，连说："反了反了，这贱人倒逍遥自在，丈夫死在家里，她却向上海游逛，不想回来。待她来时，我不把她打个七死八活，我也不姓卫了。"

当下等了一天，三小姐仍无回来消息。待到来朝，依旧等了一个空。福官的尸身不能久搁，没奈何，只得先行小殓，且等三小姐来时，再行择日大殓。下棺的当儿，没人抱头送终，倒是卫善人父代子职，啼啼哭哭地捧着儿子头颅，勉尽亲视含殓的大礼。胖太太号啕大哭，说什么黄梅不落青梅落，惹厌的老东西不死，却死了我娇滴滴亲生儿子。善人听了，又痛又羞，当着众人，大有无地可容的模样。

又过了一天，三小姐依旧没有回来消息，遣发仆人到石姓探问，石太太也不知女儿寓沪的地点。没奈何只得在报上登了头等广告，却是石太太出面，无非说女婿病故，盼汝回苏成服，见报速来，万弗逗留的意思。过了一天，报上也发现了一个广告，却是三小姐登的，道的是：我与卫姓恩断义绝，克日回苏，碍难遵命。

石太太见了这个广告，气得半死，连忙遣人到善人那边通知，说这不肖女儿在上海流连忘返，却把丈夫丧事置之度外，委实不成了模样。你们也不必把她做媳妇看待，福姑爷的丧事，由你们怎样办理，也不必待她回来再行大殓，只算没有这个媳妇便是了。

胖太太对着来人啐了一口道："亏你们太太说出这般可笑的话，我们用着金珠首饰、银两财礼、全副执事、花花轿儿娶来的媳妇，贪图些什么？怎么轻描淡写，只说没有这个媳妇一般？要是没有这个媳妇，我们又何必花了这许多精神，白白地浇灌这棵死桑树？你去回复你们的太太，在这三天以内，快快交还我这个媳妇，要是没有人交出，那么我们花去的金银首饰、银两财礼、全副执事、花花轿儿，都要向你们太太算账。"

石姓的来人见胖太太盛气难侵，无理可喻，只得诺诺连声，自去复命。石太太又焦又急，又气又恼，免不得丢下念佛功课，自向上海找寻她女儿回来，按下慢表。

善人等待媳妇，不见回来，只得择日举行大殓。那时卫姓亲友纷纷来吊，大厅花厅上面，宾客挤挤，对于三小姐的举动纷纷议论，有贬无褒。上座的几位长须绅士，都说石姓女子全没有三从四德，丈夫死了，不来守孝，是可忍孰不可忍也？要是我做了卫老，一定要把她送到官厅，重重惩办。还有几位善堂董事，扮出道学面孔，都说似这般的媳妇，得罪祖宗，得罪天地，就算不把她送到官厅，天网恢恢，疏而不漏，迟早也要遭受冥谴。

西席先生卜麻子也把手掌拍得怪响，连说："诸位先生的议论，实在透辟。天道福善而祸淫，古人岂欺我哉？"说时又连连转着脑袋道，"善人而不获其福者，有之矣，未有淫人而能免祸者也。"

正在点头拨脑、咬文嚼字的当儿，蓦见卫善人手执着几本青纸封面的小册子，气吁吁地赶到卜麻子面前说道："老夫子，我正有话向你请教咧。"

众人不明原委，个个奇怪。卜麻子做贼心虚，却把这个麻脸涨得和血一般红。

欲知后事，且阅下文。

第二十六回

遭家难门临催命鬼
焚刍灵纸扎害人精

卫善人捧出青纸封面的小册子，来向先生质问。吓得卜麻子涨红了脸，心窝里勃勃地乱跳，表面上却假作不知，忙道："东东翁，这这是什么书书……"毕竟做贼心虚，声音都颤了。

善人怒道："这是老夫子的教授秘本。小孩子的性命都断送在这秘本里面。"

卜麻子强辩道："东东翁，你休屈屈煞了人。兄弟哪有这般的东东西。"

善人大怒道："老夫子，真赃现在，你待赖到哪里去？这秘本的首页，分明印着卜人文三字的图章，书中许多秽亵不堪的话儿，你还浓浓地乱加着许多圈儿，做个表记。书眉上面，还有你的亲笔批评，什么有声有色咧，绘影绘声咧，泄天地未有之奇咧，令人不厌百回读咧。这几部诲淫书，不是你的，却是谁的？"

那时许多来宾听得诧异，顿然间拥将过来，做个栲栳圈，把卫老头儿围在中间，你也索这册子看，我也索这册子看。那些年

172

老的瞧了一眼，便不看了。有的道："该死该死，似这般戕贼青年的书本，却把来引诱学生，真叫作斯文扫地，师道荡然了。"有的道："快快把来烧掉了，留在家里，终是祸根。似这般不良书籍，不是我辈慈善家所当寓目，要把来当作洪水猛兽看待。昔者禹抑洪水，周公驱猛兽，吾辈效法二圣，合该毁灭淫书，除恶务尽。因为这部淫书共有一十二册，越到后半部越是秽亵不堪，越是荡人心魄，烧掉了才是干净。"

说话的恰是一位善堂董事，道貌岸然，所以发出这般正本清源的议论。人丛中有一位翩翩少年，嘴里也附和那善董道："此论甚是，烧掉了才是干净，我也赞成烧掉。"嘴里这般说，手里却抢着一本小册子，两只眼睛死盯在几行浓浓的圈儿里面，看了又看，看一个不休歇。

善人叹道："我也知道这是害人的东西，烧掉了才是干净。只是现在便烧掉了，却把证据毁灭，岂不便宜了这个误人子弟的卜人文？"

说到这里，举眼看时，却不见了卜麻子。原来卜麻子乘这当儿，暗暗道：三十六计，走为上计，此时不走，等待何时？打定了主意，便一溜烟跑回家里。料想善人舐犊情深，一定不肯和我甘休，这几个月的脩俸再也不想到手，说不定还要起诉官厅，和我为难。好在只身独往，来去自由，便收拾些东西，悄悄地逃往别处，另觅生计，不在话下。

再说善人不见了卜麻子，四处找寻，都没踪迹。唤那门丁问时，回说这位卜师爷方才急匆匆地出门而去，足有半点钟了。善人明知他是情虚躲避，横竖拿定了证据，过了一天，再和他理论，怕他躲到哪里去？当下把几本小册子依旧收拾好了，交给胖太太收执，说这是重要证据，你且执管好了，将来提起诉讼，便好重重地办他一个戕贼青年的罪名。

那时里面有送丧的女宾，都向胖太太动问情由，什么证据不证据，诉讼不诉讼。胖太太擎着涕泪说道："好叫列位得知。我家孩子的一条性命，一半断送在贱妖精手里，一半断送在贼麻子的手里。贱妖精勾我孩子的魂，贼麻子摄我孩子的魄。这分明是卫氏门中的一对催命鬼，生生地把我这个好孩子摆布死了。贱妖精呀，贼麻子呀，我不把你们告到官厅，当众枪毙，我便不姓卫。"

大家听说贼麻子，不知骂的是谁。毕竟笪姨太太乖巧，便道："太太道的贼麻子，可是府上这个西席先生？"

胖太太咬着牙齿说道："正是这个贼麻子，可恨我家的干瘪老头儿，痰迷了心窍，延请这个贼麻子来教书，分明造屋请了箍桶匠，买眼药走进了石灰店。我是不识字的，先生的好歹可不知晓。老头儿是识字的，也曾开过笔，下过场，却偏偏延请这般不成人的混账东西来害自己的儿子。老头儿呀，将来枪毙这个贼麻子，也要把你来陪绑呀！"

胖太太夹七夹八地乱骂，滚滚涕泪应声而下，把衣襟都打湿了。笪姨太太劝道："太太你别哭，少爷已死了哭也无益。毕竟这个贼麻子怎样地摆布少爷，请你讲给我们知晓。"

胖太太拭着眼泪道："说起来令人可恼，都是我没有识过字，才吃了这般痛苦。我因小孩子被妖精迷得不成了模样，才劝他进书房里去念书，也好收束他的邪念。曾经面托先生，拣这有趣味

174

的书本和孩子读。谁知这个贼麻子丧尽天良，却把那些害人不浅的淫书和孩子讲究。我知道他讲些什么？料想不是四书，定是五经。有时打发佣妇到书房察看动静，回说他们师生两个摊着一本小册子，交头接耳，讲得十分起劲。我心里欢喜不迭，难得这个小孩子竟肯在书本上用功，可见是先生的功效。便每夜备了一壶花雕、四色菜肴，送到书房里孝敬先生。早知他撒下了这个烂污，悔不扯住了他的耳朵，把老头儿的便壶灌他一个满腹。"

众人听说，忍不住地好笑，又问这事怎样地发觉。胖太太道："后来相隔没多天，孩子抱病在床，常把这几本小册子放在枕边观看。我当时还没有注意，只道孩子病中无聊，把这书本来解闷。直到孩子咽了气，收拾床铺，老头儿在枕底搜出这害人东西，揭开看时，有贼麻子的图章为凭，才晓得贼麻子丧尽天良，把这害人不浅的淫书害我孩子。今天准备当着宾客，把这贼麻子一顿臭骂，再行送官究治。谁料吃他逃走了，满肚皮的怨气依旧没有发泄。"说时又捶胸大哭起来。众女宾纷纷上前劝导，胖太太痛定思痛，依旧断断续续地流泪。

话休絮烦，且说卫福官大殓完毕，停柩在堂，择日出殡。一切宾客送过了大殓，纷纷散归。过了一天，善人遣人去唤卜麻子来讲理，早已室迩人远，不知去向。一腔怨愤无从发泄，只得暂时揉揉肚子，再做计较。

福官死后，照例是卑幼之丧，无须成礼，叵耐老夫妇只有这个儿子，不幸短命死了，一定要广延僧众，把他超荐，使他早登天界。当下唤齐了七七四十九名僧众，天天在灵前鸣钟击鼓，诵佛念经。也是一辈贼秃交了好运，惹他们赚了衬钱，暗地里偷偷摸摸，去养婆娘。比及披上袈裟，踏上佛堂，却又眼观着鼻，鼻观着心，乔扮那好沙弥的模样。僧侣以外，还有纸扎店也交了好运，胖太太吩咐账房李逢辰传齐纸扎匠，定造一所高大的洋房，里面动用器物务须周备，一件都缺少不得。择定日期，在旷地上焚化。这些纸扎匠都是一等的玲珑手腕，不到两星期，这所鸟革翚飞的洋式房屋早已落成，只怕全球的建筑名字，都没有这般神速敏妙。房屋里面的运用器物，件件都依照着外国式，真是斌玟可以冒玉，鱼目可以混珠。大门前面还停着几辆摩托卡，远远地望去，恰和真的无异。目今社会上的一般论调，都说中国的制造事业太不发达，以致洋货充斥，成了绝大的漏卮，这些论调算不得十分正确，要是他们参观了这所洋式房屋和那里面的器用，外面的汽车，外国人能造的，我国人哪一件不会仿造？并且原料又省，出货又速，中国的制造事业算发达到了极点，他们怕不心悦诚服，还敢发什么不满意的议论吗？

闲话剪断，且主胖太太参观了纸扎匠的成绩，也很满意。又因毒恨石三小姐和卜麻子两个，怨气没有发泄，便吩咐纸扎匠添造两个纸糊的人，一个是贱妖精，一个是贼麻子，都要糊得活灵活现，和真的一般。都要套着铁链，铐着手铐，钉着脚镣，和囚牢里的死犯一般，都要锁在洋房门首，随着洋房一起焚化，也好叫这两个害人精逃不脱天罗地网，早早枪毙，免得放在世上害人。纸扎匠本有万能的本领，重赏之下，益发欣然承诺，毫无难色，便向胖太太讨取两人的照片，以便照样仿造。三小姐的照片有在家里，便交给了纸扎匠，卜麻子的照片无从觅取，只好把模样讲给纸扎匠知晓，又打发王妈做那监造员，随时指点，使那纸

176

扎匠容易着手。过了三四天，才把两人的纸像造成。仿造三小姐不难，有那照片做蓝本，照样放大便是了。仿造卜麻子却很费了一番手续，全凭王妈的口授，怎样长怎样短，凭空构造，脱离倚傍，还有满脸的麻斑，须得下一番穿凿功夫，麻斑密了又不像，疏了又不像，却把卜麻子的冬烘脑袋修了又改，改了又修，费尽了纸扎匠的心思，才把卜麻子模样造就，远远望去，却也有六七分相像。

比及焚化的一天，轰动了远近多少人，堵墙般地围着来瞧热闹。一经燃火，便轰轰烈烈地烧将起来。约莫半点钟工夫，这座华美的洋房，连同全副器用，和那门外的汽车门口的纸像一齐都化了纸灰。胖太太拍着手道："烧得好，烧得好，把一对害人精都活活地烧死了。"一班看客也助着拍手，春雷般地喝起彩来。后来纷纷传说，当作笑话。卫太太纸扎害人精，传遍了姑苏城里，连那元妙观里的小热昏也把来唱作新闻。表过不提。

过了五七之期，卫老头儿正在账房里，和那账房李逢辰商议出殡的排场，蓦见门役小王进来禀告，说外面有三个衣衫褴褛的男子要来求见老爷，小的问他们姓名，他们不肯说，倒骂小的是势利奴才，狗眼瞧不起人，因此特来禀告。善人正在奇怪，早见这三个不速之客都闯入账房里面，见了善人，便扑地跪将下来，有的唤他老阿爷，有的唤他亲阿爷，有的唤他好爹爹。

欲知后事，且阅下文。

第二十七回

大廉卖奉送孝孙
小冲突乞灵番佛

卫善人只生得一个孩儿，现在又断了种，茫茫后顾，膝下凄凉，便是睡梦中间，也想不到有人前来，把他老阿爷亲阿爷好爹爹地混叫。况且这三个人踏到账房里面，便都扑通地跪倒在地，善人老眼摩沙，也不及认明他们的面长面短，在这当儿，真叫作丈二的和尚，一时摸不着头脑。李逢辰站在旁边，也觉得这三个突如其来，好生诧异，只是呆呆地发怔。

善人道："你们是谁，快快起来，休得认错了人。"

那三个死赖在地上，不肯起来。一个道："老阿爷，你怎么不认起孙儿来了？"一个道："我便是你的亲孙儿，你便是我的亲阿爷。"一个道："好爹爹，你别理他们，我才是你的亲儿子咧。"说时，却捧着善人的双腿，又混叫了几声好爹爹。

善人怒道："胡说，我又不知道你们姓张姓李，怎么闯到这里，和我混闹？你们还不滚出，我便传唤岗警，把你们抓入局子里去重办。"

那三个听说要传唤岗警，便都拔烛也似的站将起来，恶狠狠地瞧着善人道："我和你头顶着一个姓，怎说不知道姓张姓李？"

善人细细地把他们瞧了一遍，才认出他们的面庞。一个是卫伯明，一个是卫仲昭，这一对兄弟都是善人的远房侄孙，所以唤善人作阿爷。还有一个唤善人作好爹爹的，却是善人的远房侄子，唤作卫可道，绰号叫作卫蛇皮。只为他遍身生着蛇皮顽癣，才有这般的诨名。他和善人虽有叔侄的名分，但是他的年龄还比善人大过一岁。只为觊觎着善人的财产，所以巴巴地赶将来，捧着善人的双腿，混唤几声好爹爹。至于伯明、仲昭的来意，也为着财产问题，听得卫福官新死，特地赶将来，想给福官做儿子，给卫老头儿做孙子。

伯明向他弟弟说："福叔的继续人，该我有份。我比你长了几岁，又老成又练达，况又讨过妻房，生过儿子。将来继续在福叔名下，讣闻上面，占得许多风光。有了泣血稽颡的孤子，又有泣血稽颡的齐衰孙，出殡的当儿，功布里面，孝子率领着孝孙，何等体面，何等排场。不比你是一个小滑头，又没有妻房，又没有儿子，便把你承继在福叔名下，也挣不得许多风光。"

仲昭回答他哥哥道："亏你说得出这般话。福叔死时，享年不过十五岁，孝幪里面，却有四十岁的孝子，二十岁的孝孙，不但儿子大过了老子，却又孙儿大过了老祖。人家见了，敢怕笑作一团，连嘴都笑歪了。我虽比福叔忝长十岁，却亏生得身材矮小，匍匐在地上做孝子，也不会惹人家笑话，所以承继一层该我，你再不要痴心妄想。"

兄弟俩都抱着野心，你忌着我，我妒着你，遂不甘人后地都赶将来，都想捷足先登，抢做那泣血稽颡的孝子。比及赶到卫宅，却和卫蛇皮不期而遇。彼此的来意，正自相同，靠着头顶一姓，理直气壮地闯将进去。门役上前拦阻，卫蛇皮骂道："我便是你们将来的主人，瞎眼睛的狗奴才，敢把我拦阻？"伯明、仲昭也骂道："叫花没棒受狗欺，待过几天，叫你认得我。我不打折你的狗腿，便要拍歪你的狗头。"

门役小王听了，老大着慌，他的头本来歪在一边，要是再经一拍，益发歪得不成模样了。便不敢多问，忙到账房里去禀告。那三人恐怕卫老头儿托辞不见，便蹑着脚步，跟踪进去。在那账房的门帘缝里，打一看时，却瞧见这个干瘪老头儿正在里面坐着，当下出其不备，便一口气跑将进去，跪伏在地，只要卫老头儿伸出手来，把哪一个扶起，便是哪一个交着好运，承继一层便可十拿九稳。卫蛇皮又格外讨好，抱住善人的双腿，死不放松，以为这般地亲热，一定可以博那好爹爹的欢心。冷不备善人要传唤岗警，把他们捉将官里去，便都气愤愤地站将起来，向着善人发话。

善人认出了三个的面庞，觉得又是好气又是好笑，便吩咐他们都坐了，再行讲话。伯明、仲昭都告过坐，卫蛇皮却不肯坐，回说："爹爹在上，孩儿理当侍立。"说时，直垂着两只手，挨到善人身边，毕恭毕敬地站着。

善人笑道："你真和我开玩笑咧。你虽是我五服以外的远房侄儿，然而论起年纪，我还得唤你一声哥哥。没的爷未出世儿先生，儿的年纪颠倒大过了爷。"

蛇皮道："爹爹有所不知，儿的年纪大过了爷，这是目今时世常有的事。但看政界里面，往往干爷年轻，干儿年长，相去十岁八岁，稀什么罕？也不管张王赵李，谁有势力，便唤谁做爷。何况爹爹和孩儿本来头顶着一姓，相去又只得一岁，又有叔侄的关系，这叫作名正言顺。你不是我的爹爹，谁是我的爹爹？"

善人骂道："混账东西，你既懂得政界的习惯，你怎不混在官场里，多认几个有势力的爹爹，却到这里来混闹？"

逢辰也帮着说道："足下不要弄错了主见，这里来认爷，是不生效力了。你要认爷，不如快快去做官。"

蛇皮一时没话回答，举起着手儿，只把头颈里的顽癣乱搔。指爪动处，白屑纷飞，一阵阵干鲞般的气味直触鼻观。慌得卫老头儿避过几尺，另在一张椅子上坐了。那时伯明、仲昭又一齐离了座次，来向善人献殷勤。

伯明道："福叔年纪虽轻，但已讨过婶婶，便不该无后。你老人家的意思，做孙儿的早已猜出了，老人家忙的是要替福叔立后，做孙儿的虽比福叔忝长几岁，然而承继在福叔名下，一切抢地呼天、寝苫枕块，孙儿都理会得。况且孙儿已讨了妻房，不费你老人家一草一木，有了现成的孙媳妇，孙儿又生过儿子，不费你老人家一草一木，有了现成的曾孙儿。似这般千载一时的机会，真是难逢难遇。福叔在黄泉之下，也该瞑目，有了孝子扮场面，还有连带关系的孝孙匍匐行礼，一举两得，算得格外克己。你老人家倘以为然，孙儿便立刻披麻戴孝起来，包管尽哀尽礼，一无虚伪。"

善人又骂道："又是一个浑蛋，越说越荒谬了。我这里立嗣不立嗣，干你甚事？也不用絮絮叨叨，做什么生意经，要是你喜欢披麻戴孝时，你何不在报上登着广告，说有孝子孝孙，廉价出卖？自有爱便宜的把你们买去。若说我这里，却不贪着便宜，你别妄用了心机。"说时，引得逢辰在旁边哈哈大笑。

伯明搭讪着正待分辩，仲昭却又抢着说道："老人家你别生气，我哥哥脂油蒙着心窍，说出话来，满口胡柴，不明事理。福叔拢总不过十五岁，却有这般满面胡须的孝子，怎不惹人笑话？"

伯明忙道："这有什么妨碍？嫌我有胡须时，只消唤个剃发匠，立刻剃去，便和小白脸没两样。"

仲昭笑道："你这满面的胡须，野火烧不尽，春风吹又生，剃都没用的，亏你要乔充着小白脸，听了真令人作呕。若要小白脸，唯有区区可以充得。"说时，又回头向着善人道，"阿爷，不是孙儿夸口，其实福叔的继续人，除却孙儿，再没有第二个适宜人物。"

善人瞧见他们种种丑状，再也按捺不住这一腔无名火，便拍着桌子大骂道："你们这三个浑蛋倒也诧异。人家丧了孩子，心里正懊恼得什么的，你们却还要在这里胡闹。不是看着同姓的关系，早把你们送到官厅，至少也要办个三等有期徒刑。你们识得风云气色，不如快快滚蛋。"

三个人见这情形，大失所望，便都面红颈赤地说道："你要送官，尽你送官究办，我们远远地前来奔丧，又不犯法，怕什么？"当下一起在账房里坐着，动都不动，专候善人把他们送官。

逢辰见主人把这事闹糟了，免不得做好做歹，从中解劝。一面向三个人说道："你们这般行为，忒煞鲁莽，莫怪东翁要发怒。"一面又向善人说道："千朵桃花一树生，看这同姓分儿上，多少送些盘费给他们，把他们遣发了，也省得在这里饶舌。"

三个人都说听凭送官究办，谁要你的盘费。善人也说本来没有钱给你，若要我的钱，除非两个换我一个。说着气愤愤地待要退入里面，却被蛇皮拦在账房门口道："且慢，今天你把我承继膝下，你便是我的爹爹。你要把我送到官厅，你便是我的七世冤家。毕竟怎么样，说个明白再放你走。"说着揎拳捋臂，做出奋斗的模样。伯明、仲昭也在旁嚷道："不要走不要走，你今天没有满意的答复，便和你决一死斗。拼把三条穷命，抵偿你一条狗命。"说时，各自舒放手腕，来扭善人的胸脯。

善人的胆早被沈疯子吓破了，连忙摇着手儿，说道："你们休得动武，有话从长计议。"

三个人见善人软化了，益发肆武扬威，百般要索。总算李逢辰竭力帮忙，每人名下除赔偿往来川费外，各给大洋五十元，算作特别的程仪。三个人见钱眼开，便捺下这口穷气，立嗣一层，以后别做计较。好在卫善人除却这几个远族，别无嫡亲支派，一旦善人归天，他们仍旧可以争产夺嗣，现在落得见风转篷，就此下场。

三个人各把银钱钞票揣在怀里，道了一声叨扰，起身告辞。善人假意相送，其实却是监督他们出门。伯明、仲昭道："我们都是小辈，不劳公公相送。"蛇皮道："叔叔且请留步，若要相送，这叫作乡下人不识熏田鸡，端的折煞了小人。"

当下推推让让，善人把三个人送到大门口，正待作别，蓦地眉头一皱，计上心来，便道："你们三位且慢回去，尚有一桩要事，借重你们三位的大力。此事办得妥当，我便再送你们一份酬金。"

　　三个人不知善人的葫芦里卖什么药，便跟着他重回账房。但见他遣开了李逢辰，便鬼鬼祟祟和三个人定下一番计较。

　　欲知后事，且阅下文。

第二十八回

闹花厅胖婆受挤轧
置箬室善人弄机谋

胖太太自丧了儿子，心绪恶劣，意兴阑珊，什么打牌、看戏、游花园、逛马路种种消遣的事，一股脑儿都懒得去干，终日里瞧着儿子的遗容，左一把鼻涕，右一把眼泪，充作日常的功课。嘴里夹七夹八，带哭带骂，心呀肝呀，下地狱的贱妖精呀，千刀万剐的贼麻子呀，一天到晚，至少也要哼个七八十遍。其实这贼麻子早交着好运，有一家书局里面，聘请他去编撰诲淫小说，笔墨生涯，颇不恶劣，比着在卫宅坐冷板凳时强得多了。贱妖精到了上海，乐而忘返，石太太没奈何，只得自认晦气，把卫姓送来的财礼首饰，拢总托付笪姨太太交还男家，而且委托大律师出面，在各报上登着解除婚约的广告，从此卫石两姓的关系，一刀两断，斩尽葛藤。

石太太因女儿出乖露丑，好生不悦，骂一声不肖女儿，由你在上海去胡闹吧，我只敲着木鱼，念声弥陀，修修我自己的功德。胖太太这边，虽然恨着这一对害人精，扎起纸像付之一炬，

185

然而不过暂时起劲，毕竟胸头这一口恶气不曾丝毫发泄，免不得朝朝暮暮，在她儿子灵座前默默通诚，叫他快快显灵，把这一对害人精捉到阴司，在那阎罗大王殿前，告发他们的罪名，把他们的油锅里煎，磨盘里碾，再把他们开膛破肚，去喂那恶狗村里的恶狗。

胖太太素通往来的几个女友常来相劝道："死的已死了，活的身体却是要紧。你呆坐在家里啼啼哭哭，死的不能再活，白白地把自己身体糟蹋了。快快跟着我们去打几圈牌，听几本戏。谁家没死过人？假如都像了你这般不旷达，赌场戏馆里哪有人踪？早已捉得出鬼了。"

胖太太怎禁得她们百般怂恿，便不知不觉地跟着她们出门，从此赌场戏馆里，常有胖太太的足迹。玩得起劲时，也是嘻天哈地，谈笑如常，谁瞧得出她新丧爱子，还没有出殡？但是赌场戏馆里回家，瞧见了儿子的灵柩，却又另换了一副愁眉泪眼。

善人在这丧明时代，一则以忧，一则以喜。忧的是独子早世，传宗无人；喜的是小星在室，纳宠有望。他在胖太太面前，便把这宗祧关系的大问题讲给她听，慢慢儿说到纳妾一层，万难稍缓。善人以为老婆既有成言在先，到了此时，一定容纳他的请求，不会反悔。方便料话没说完，这只河东狮子竟摇山撼岳般地大吼起来，猛听得啪的一响，善人的干瘪面皮上，早着了一下巴掌。胖太太且哭且骂道："老糊涂呀，老牛精呀，你原来人老心不老，偷食猫儿性不改呀！人家死了儿子，啼啼哭哭，你却钝皮老脸，想要趁着这个当儿，讨个小老婆玩玩呀！生了你的人，没生你的胆呀！你要把小老婆讨进门来，今生休想呀！"善人手摸着面皮，枉讨一场没趣。旁边立着的春香早把胖太太恨得牙痒痒的，只是不敢开口。

这天，胖太太梳妆完毕，正待出门，却见王妈进来禀报，说有三位本家老爷，都在花厅上，要来拜见太太。胖太太道："什么本家不本家，横竖老爷在家里，由他去招待，却来见我做甚？"

王妈道："他们说有关系重大的喜事，定要当面禀告太太，管叫太太听了，笑得合不拢嘴。"

胖太太诧异道："这是哪里说起？我死了儿子，哭得合不拢嘴，是我的分儿，怎会笑得合不拢嘴？难道儿子重回阳间，和我亲娘相见不成？"

王妈道："我也不知道他们在葫芦里卖什么药，横竖太太和他们会了面，自见分晓。"

胖太太疑疑惑惑，免不得和他们会面。当下扶着春香，莲步轻移，款款盈盈地向外行走。一路行时，一路自言自语道："这事真来得蹊跷，我家正在倒霉的当儿，哪里有什么喜事上门？"

春香听着，只是暗暗好笑。因甚好笑？原来卫善人弄这机谋，早已知照了春香。胖太太糊糊涂涂，摸不着头脑，春香的肚里却和油火虫的肚里一般亮。约莫走到备弄中间，转身便是花厅，春香忽然装腔作势，手揉着肚皮，一迭声地唤痛。胖太太道："咦，临时上阵马撒尿，你怎么忽然肚痛起来？也罢，你自去休息，我不用你扶了。"春香俯倒着身躯，自回里面，躺在床上，暗暗道一声胖婆娘，你可中了我的计了。

这里胖太太走到花厅门口，停着脚步，探头打一看时，只见这三个穷本家，雁阵般地立在一旁，搭起着唱喏的架子，准备向

187

自己行礼。胖太太便堆起着笑脸，款款盈盈步入花厅，正待要开口动问，谁料尚没启齿，那个满身顽癣的卫蛇皮抢步上前，便在胖太太的罗裙旁边扑通跪下，双手捧住了胖太太的小脚，嘴里一迭声地亲妈妈好妈妈地叫个不住。

胖太太惊道："啊呀，你敢莫疯了？我的儿子死了，哪里还有……"

这言未了，伯明仲昭兄弟俩又直扑地扑将过来，一左一右地跪着，又是亲婆婆好婆婆地混叫，都说婆婆的儿子死了，婆婆的孙儿却没有死，我便是你婆婆的嫡派孙儿。

胖太太益发大惊道："我敢莫在这里做梦？怎么又跑出什么孙儿来了？谁是我的孙儿？"

仲昭叩头道："我便是你的孙儿。"

伯明抢着说道："他不是你的孙儿，我才是你的孙儿。亲婆婆好婆婆，好叫你得知，你的孙儿今年四十岁了，姓卫，唤作伯明，讨过老婆，生过儿子。你的曾孙儿唤作重明，今年二十岁了。亲婆婆好婆婆，你的福分真大，却修得这么长的孙儿，那么大的曾孙儿。"

蛇皮又喊将起来道："妈妈，休去睬他。他是滑头货，当不得真。唯有你儿子卫可道，货真价实，算得是你的嫡派儿子。我给你多磕几个响头，你便唤我几声好孩儿亲孩儿吧。"说时，便抛瓜也似的磕了几个响头。就中有一个头碰在胖太太的鞋尖上面，却把胖太太痛得哟哟连声，痛出了一身冷汗。待要躲入里面，又被蛇皮把两腿抱住，动弹不得。待要吩咐下人把三个撵出大门，这时花厅上面又不见一个下人，深悔方才把春香遣发入内，大是失着。从前痴望儿孙，现在有了现成的儿孙跪在面前，却又气喘吁吁，弄得没做理会处。

蛇皮见胖太太着了惊慌，益发使刁起来，把头上的顽癣在胖太太裙幅上乱摩乱擦，嘴里还嘈着道："你不唤我几声好孩儿亲孩儿，我便一辈子跪在地上。"那时一阵阵的干耇气味，直向胖太太鼻孔里钻。

伯明、仲昭跪在胖太太两旁，又把她左拉右扯，都说："你别理他，你认他做了儿子，万贯家财都要落他的掌握。他是有名的败家精，钱到他手，不够他的挥霍。你认儿子不如认孙子，快快唤我一声嫡嫡亲亲的好孙儿吧。"

胖太太忙道："你们都请起来，有话好说。"

蛇皮又把头颅向她鞋尖上一碰道："你不唤我一声孩儿，我不甘休。"

伯明、仲昭又从旁你一拉我一扯道："你不唤我一声孙儿，我也不甘休。"

胖太太站了良久，小脚伶仃，本来撑不起满身重量，怎禁得脚尖又是一碰，还加着左右用力拉扯，这个肥胖身躯，便扑地直向蛇皮身上撞来，险些儿把蛇皮撞翻在地。蛇皮把手扶着道："妈妈做什么？儿子磕头，你要还礼，岂不折了儿子的草料？"

伯明、仲昭也从旁搀扶，连说婆婆请起。这时胖太太跪在地上，休想挣扎得起。蛇皮的两只干耇扑鼻的手，又紧紧地扯住她双腕，见了这顽癣，忍不住要作呕。胖太太被他们困在垓心，又气又恼，又羞又愤，只得拼命般地喊道："你们快来呀，快来救我呀。"

那时卫善人躲在备弄里而偷看，暗暗快活道："我把这婆娘捉弄得够，再不去解围，被她生疑，瞧破了机关不是耍的。"

当下蹑着脚步，轻轻地缩到外面，却又放重着脚步，踉踉跄跄地赶将进来，一壁跑一壁嚷着："太太喊什么？谁在这里欺侮你？"

胖太太又喊道："老头儿快来救我，把这一辈混账本家快快撵逐出门。"

善人见着这三个人，假意大怒道："混账东西，怎么还在这里缠绕不清？"嘴里说时，却把双手捧着胖太太，捧到椅子上坐定了，三个人也从地上站起，退立一边。

胖太太拭着泪道："我哪里有这混账子孙？什么婆婆妈妈，向人混叫？"又回头向善人道，"你这老头儿躲在哪里？却要我这般叫喊，你才出面？"

善人道："好叫太太得知，这三个混账人先到账房里和我胡闹，我被他们闹得麻烦，花了几十块钱，把他们打发出门，以为他们不再来缠绕了。谁料他们阴魂不散，去而复来，又和你胡闹。"

蛇皮接嘴道："胡闹的日子正多咧，除非你重生了儿子，我便不上门来缠绕。"

伯明道："你这干瘪老头儿，死桃树不会开花了。"

仲昭也道："你们一对老夫妻，屁股后面光趷趷，万贯家财迟早终落在我手里。"

胖太太听着，气得发抖。善人假意嚷道："放屁放屁，你们不快快滚蛋，我便把你们送到官厅，从重治罪。"

190

三个人也回骂道："绝子绝孙的卫黑心，你别逞强，待过几天再来和你算账。"当下便快快地走出花厅。善人假意跟在后面，把他们一路骂将出去。

　　其实这一出趣剧，都是老头儿在暗地里捣鬼。他见这三个无赖在账房里认爷认祖，闹得乌烟瘴气，顿时眉头一皱，计上心来，把三个无赖送出门时，却又重行唤进，叫他们把方才的趣剧在胖太太面前重演一出，须得加倍卖力，自有重重的酬劳。三个人都抱着金钱主义，当然答应不迭。他又知照了春香，说你把太太扶出来时，设法躲避，由着胖婆娘一人到花厅，也叫她尝些厉害。胖太太哪知是计，竟吃了这一场哑苦。

　　后来胖太太想到没子孙的苦痛，竟撺掇丈夫讨个偏房，博一个亲嫡血，杜绝族人的觊觎。善人听了，说不尽的欢喜。

　　欲知后事，且阅下文。

第二十九回

瞎先生胡诌醒世曲
胖婆子催赋小星篇

善人心里欢喜不迭，表面上却做出很冷淡的模样，说道："太太你别这般讲，讨纳偏房一层，现在我可不干了。命里有儿时，阿福也不会夭折，命里无儿时，便讨了偏房，也是没用。"

胖太太猜出老头儿的说话分明是石乌龟喝水——口不应肚，便也假意儿说道："你既不想讨小，那便罢了。但是今朝有话在先，我曾亲口许你讨小，你却自己不干。将来你便反悔，只好怨着自己，怨不得我。"

原来卫老夫妇彼此互弄着机谋。善人心里，最好讨小一层，完全出于老婆的请求，将来妻妾之间有什么冲突，老婆只好自认晦气，怨不得我。胖太太心里也是这般想，最好讨小一层，完全出于丈夫的请求，我便好定下许多条件，不怕老头儿不接受。他们做了十七年夫妻，夜夜在一起宿，表面上是个同心之侣，其实腔子里的东西竟无丝毫相同之点。同床同枕不同心，这本是夫妇间的一种通病，何况他们一对貌合神离的老夫妻，平日间名为伉

192

俪，情同胡越，彼此互弄着机谋，益发不足为奇了。

闲话剪断，福官殡葬的事一一办妥，胖太太思儿之念抛撇不下，什么关亡的、走阴差的、掉水碗的，轮流不绝地唤进大门，想要探听福官的冥间消息。偏是这辈人的嘴里，把福官说得活灵活现，又扮着福官的口气，向着胖太太一声声地叫唤妈妈，直把胖太太的鼻涕眼泪一股脑儿都叫了出来，真个当作福官的阴魂附在别人身上，和她对面讲话。也不管那人是男是女，便一把扯住了，心儿肝儿地没口子地乱喊起来。那人道："妈妈，你不须伤悲，孩儿在阎罗大王面前，早打通了关节，应许孩儿在这三年以内转世投胎，仍在二老膝下做儿子。"

胖太太哭道："难得这位阎罗老子肯讲情面。但是你妈妈已不会生育的了，你便转世投胎，也是没用。"

那人道："妈妈虽不会生育，爹爹却合该有子。你终须想个方法，使我爹爹留一滴骨血，免得孩儿入世投胎时，认错了门庭，误投在别人家里。"

胖太太经那人这么一说，捶胸拍肚，足足地哭了半天。后来见了丈夫，便把方才的话讲给他听。善人却冷冷地说道："走江湖的说话，当不得真。俗语道得好，若要家不和，讨个小老婆。你现在很热心地撺掇我讨小，比及讨了进来，人无千日好，花无百日红，倘有言语高低，我却禁不起许多烦恼。"

胖太太骂道："你这老糊涂，真是不受人抬举的混账东西。从前有孩子时，你口口声声要想讨小，现在许你讨小，却又装腔作势，故意放刁。本来这件事该由你自己着急，不用我在旁边催促，没的皇帝不发急，倒急死我太监。"

过了几天，胖太太又唤了一位盲子先生，叫仆人把他扶到里面来算命。先生又会算命，又会说因果。算命时，咚咚咚弹着弦子，说因果时，啪啪啪敲着竹板。胖太太吩咐他先算命宫，后说因果。那先生理了一回弦索，便仰着脑袋，张着盲眼唱道："太太的尊庚四十春，命宫里不利小郎身。四月十八关难渡，你的亲生儿子要命归阴。"

胖太太把舌一伸，便道："先生你算得好准，请问先生，我命宫里可再有生儿的希望？"

先生又弹着弦子唱道："你不须着急不须惊，命宫里该有一子好收成。虽然不是你的亲生子，却和你亲生儿子不差半毫分。算起来不出一年和两载，你那亡过儿子便要重投胞胎再做人。"

胖太太益发奇怪，她想我的福儿真个要转世投胎，再做我的儿子，那老头儿讨小一层，委实拖延不得了。当下便把老头儿生辰叫他推算，那先生也命里有子，该是侧室所生，今年纳宠，大吉大利。

当下宅里的仆妇丫鬟听说先生的算命灵验，便你也说生辰，我也报八字，叫他逐一地把命推算。比及算到春香的八字，却唱道："命宫里合该做一位二夫人，生下儿郎福不轻。"春香道了一个"啐"字，假意儿害臊，一溜烟跑到里面去了。胖太太心想，我本意要把她给老头儿做小，却不料她真个有这福分，命宫里该生贵子。

那先生算命完毕，便放着香蛇弦子，取出竹板两片，敲得啪啪有声，把因果唱将起来。他唱的因果，却是三句一转韵的劝世歌调，胖太太侧着耳朵，细细地听他唱道：

说因果，话因果，听取此言进耳朵。

家门内，有妻妾，大小之间要和悦。

看女英，与娥皇，姐妹双双侍舜皇。

千载上，贤妇人，要算娥皇与女英。

看齐人，讨饭吃，尚有一妻与一妾。

或为官，或为吏，三妻四妾寻常事。

妇人们，要大量，切莫记那醋酸账。

况无子，又有病，再娶偏房是正分。

最可恶，器量小，夫要娶妾总不肯。

反巧说，有安排，和尚无儿也要埋。

亲朋劝，总不许，有钱何必要儿女？

有儿女，牵累煞，无儿无女是菩萨。

这是你，心忒毒，有意使夫绝嗣续。

你的意，我知道，怕妾生儿受气恼。

这主见，错到底，无女无儿更受气。

早晚间，无人叫，形单影只坐冷庙。

门又衰，祚又薄，终身大事将谁托？

逢寿日，过新年，哪有斑衣戏你前？

有田地，是绝业，不如尼姑与和尚。

他虽然，没后人，还有徒子与徒孙。

到此时，想继嗣，强把族人做儿子。

隔层肚，隔层山，做你儿子贪你财。

分明是，闹把戏，雀见砻糠空欢喜。

论田地，要亲耕，若讲儿子要亲生。

别人儿，抱进屋，不是我的亲骨肉。

有病痛，更凄凉，谁肯与你把药尝？

有子侄，有家门，做的都是假人情。

只候你，早些亡，他们好来分绝房。

倘丈夫，早死了，你做孤孀更苦恼。

将棺木，停堂前，子侄先要分金钱。

留几间，空房屋，一年给你几石谷。

其余的，田和地，都在他人掌握里。

但等你，身死了，小小棺材埋荒草。

无子女，是野坟，哪个与你上清明？

在阴司，也惨苦，无人烧钱到冥府。

说起了，真痛心，绝了祖先后代根。

若劝夫，把妾娶，田地谁人拿得去？

好妇人，细思寻，我的说话值千金。

要放肚，要宽肠，快快劝夫娶二房。

牛耕田，马吃谷，妾生儿子你受福。

你想来，好不好？如何不许夫讨小？

　　那先生把因果唱完，收拾起弦子竹板，领了酬金，自有仆人搀他出门，不在话下。

　　胖太太把先生的说话细细思寻，觉得句句真言，入情入理。我若再不强迫老头儿讨小，一天一天地拖延下去，到了后来，只怕懊悔莫及。别的不必说，但看这几个泼皮的本家，口口声声只想图谋我们的家产。将来老头儿有什么三长两短，眼见这几个穷

196

本家一定要来争夺产业。要是田地钱财都落在他们手里，叫我如何度日子？在世受些苦痛也就罢了，待到我死以后，他们都是没心肝的人，逢时逢节，谁来上坟？谁来做羹饭？谁来化纸钱？那么更是苦不尽言。在世的苦日子还短，死后的苦日子正长。年深日久，永远在黄泉路上做野鬼，这便如何是好？又想福官要转世投胎，重做卫姓的儿子，这事正来得奇怪，关亡的是这般说，走阴差的这般说，现在那位盲子先生也是这般说，可见千真万确，毫无虚言。借着春香的肚皮，重把我这心肝宝贝的儿子送还阳世，真是天大的喜事。况且春香是我手下的丫头，素来服我管束，又伶俐，又忠心，人前待我是这般，人后待我也是这般，从来不见她三心二意，在暗地里使诈放刁。我便吩咐老头儿把她收作偏房，总比外面讨进来的强过几倍。外面讨进来的小老婆，我一时摸不出性子，也不知道她是人是鬼，是仙是狐。若说春香的性子，却被我摸得很熟。俗语道得好，识性可以同居。似春香这般的性子，和我在一起住，我料定她一辈子低头服小，总不会面红颈赤，搬唇弄舌。

胖太太打定了主意，便在善人面前说要把春香丫头给他做小。善人乱摇着两只手，说这个断然使不得，她是太太手下知心贴意的丫鬟，倘给我做了偏房，太太便没有使唤，这事怎么使得。胖太太道："使唤的人很多，不争这一个。你听了我言，把她收作了偏房吧。"善人兀自摇头，不肯答应。

胖太太又把这话和春香说，春香也乱摇着头儿，说情愿一辈子服侍你老人家，不愿做老爷的偏房。善人和春香越是装腔作势，不肯应诺，胖太太越是心慌意乱，异常着急。到了后来，竟接受了他们俩的条件：第一，春香做了偏房，不受正室的使唤，从前一切职役，概由其他的婢女充当，春香完全不负责任；第二，春香倘有怀孕消息，必须另辟新屋居住，只为旧宅方面阴气太重，端怕不利小口；第三，春香须和家主在一起住，正室不得横加干涉。这三大条件委实令人难堪，叵耐胖太太到了这时，方寸已乱，只要福官转世投胎，重做她的儿子，将来自己死了有人上坟，有人做羹饭化纸钱，这便是万千之喜，无论怎样的条件，她都欢然接受，毫无难色。

其实这辈关亡算命走阴差说因果的人，都是老头儿出钱买来，可怜胖太太躲在鼓中，善人和春香的阴谋暗算，丝毫没有觉察。待过几天，卫善人竟堂堂皇皇地把春香收纳作妾，一样柬邀宾客，开筵受贺，很有一番热闹。待到夜间，善人便在春香房里歇宿，胖太太到了那时，才觉得孤眠独宿，很有些凄凉况味，翻来覆去地睡不着。后来转念一想，儿子快要转世投胎了，热闹的日子正多，正是说不尽的欢喜。想到这里，不觉安然入梦。

欲知后事，且阅下文。

第三十回

张大经义纳螟蛉女
王芸士喜订鸾凤交

胖太太自吃安心丸，以为福官转世投胎，可操左券，双眼一合，便入梦乡。端的做些什么梦，编书的也不须描写，横竖她醒时也是梦，睡时也是梦，睁眼时干的也是梦，合眼时做的也是梦。这位胖太太专在梦境迷离中度日子，一梦未觉，一梦又续，不知梦到何日方才罢休。现在且把她的沉沉酣梦暂搁一下子，抽出笔墨，却把南翔镇上的张大经家庭叙述一番。

那天大经坐在书室里面，正接着安庆来的一封书信，从头细看，不觉笑逐颜开，眉飞色舞。看了一遍又看一遍，喜滋滋地只不把那书信放下。那时残暑已过，嫩凉乍生，梧桐院落里的飒飒秋风，一阵阵飘入室内，益发胸襟开豁，觉得十二分的神清气爽。原来人逢喜事精神爽，在这凉爽天气，又得着可喜的消息，怎不遍体清凉，爽快到十二分？

只听得书室外步声移动，湘帘揭处，走进一位妙龄女郎，手捧着一件夹纱马褂，柔颜悦色地向着大经说道："爹爹，方才树梢头刮起几阵风，天气清凉了许多，爹爹衣衫单薄，多添上一件，免得沾受了凉气。"

大经连连点头道："难为你想得到。"当下便放着书信，把马褂披上了身。

那女郎又把纽扣逐一地替大经扣好，瞧了这信封一眼，便道："爹爹，这可是安庆寄来的书信？"

大经笑道："这便是安庆寄来的书信，封面上几个字，原来都被你认识了。可惜你幼时不曾读过书，似你这般的天分，要是幼时读过书，怕不和你佩芬姐姐一般无二……"

且慢，张大经的女儿只有佩芬一人，上文所说的女郎，合该便是佩芬，怎说佩芬以外，大经又有第二个女儿？编书的写到这里，只得暂把大经和女郎说的话从中剪断，先从王芸士援救沈姓父女说起。

那天沈根生出了病院，和他女儿阿莲同赴南翔，却由芸士引着他们父女俩去见姨丈张老先生。相见之下，芸士略把怎样病休痊愈，院长怎样托词作梗，阿莲怎样奋不顾身，愿代她老子受罪，一一都向大经说了，喜得这位张老先生眉花眼笑，不住口地称赞芸士，说他仁心侠骨，大有古人之风。佩芬在旁也含着笑容说道："这桩豪侠举动，虽亏得芸哥全始全终，加倍出力，然而也亏得爹爹义正词严，把他竭力一激，才激得成这般的好事来。"

佩芬说的好事，是指着豪侠举动而言，谁料芸士竟误会了，听得好事两个字，竟向着佩芬微微一笑。佩芬才悟到这两个字太觉含混，霎时间芙蓉颊上烘染着两朵红霞。

那时根生父女感激涕零，都向着大经拜谢盛德。根生道：

"只我要和女儿能得时时会面，听凭阿莲在府上为婢为妾，都无怨言。"

阿莲也道："只要和爹爹不再分离，我便……"

这言未毕，大经早连连摇手道："你们别再这般说，我立志不蓄婢妾，早经宣布在先。何况遇见了这般天性纯笃的孝女，敬佩且不暇，哪有把孝女屈作妾媵之理？你们且安心住在这里，我自有万稳万妥的办法，管叫你们一辈子不会分离。"

当下父女俩又称谢了一番，阿莲便随着佩芬同住，根生却住在大经的别墅里面，暂时看守花木，保护园林。他本是村农出身，懂得种植方法，便和别墅里住的园丁通力合作，把那浇水灌园当作日常功课。

一天，芸士又和佩芬邂逅别墅，互谈衷曲，芸士又掬着一片至诚心，向佩芬乞婚。佩芬这番可没得推托了，便芳心可可，深情脉脉地承受了婚约，又道："自从芸哥把沈姓父女援救出险，老父心里很佩服你的热忱，早有妙选东床，非君莫属的意思。加着那位阿莲妹妹……"

佩芬正待说下，芸士却抢着问道："谁是阿莲妹妹？听了令人不明白。"

佩芬笑道："芸哥你是聪明人，怎么听了不明白？"

芸士道："莫非你和阿莲竟结拜了姐妹？"

佩芬道："岂但结拜姐妹，老父竟把这位妹妹认作女儿，和我排行取名，我唤佩芬，她便唤作佩莲。她犹拘着名分，不敢答应，只说情愿为奴为婢，为牛为马，报答主人的大恩。老父向她说，现在平等世界，分什么贵贱阶级？你又是个农家女子，劳农生涯本来是很高贵的。加着你这般的天性淳厚，端怕现在的西装小姐、旗袍千金，和你人格相去奚啻万里，便一辈子做你的牛马奴隶，也够不到。老夫把你认作女儿，已嫌过分。你也不须推辞，你再推辞，便是瞧不起老夫了。妹妹听了，才没话说，深深地拜了四拜，连唤了几声爹爹，说道：'女儿愿一辈子侍奉你老人家，永远不离着寸步。'老父呵呵大笑，便说：'但愿你常在左右。将来你姐姐远嫁了，我也不虑寂寞。'"

芸士拍手道："难怪老人家这般快活，我也代着他快活。"

佩芬道："老父近年来住在家里，终是郁郁寡欢，似这般的快活，真难逢难遇。听说还要择着日子，大宴亲朋，把这事向众报告。到了那时，芸哥那边定然折柬奉邀，这是老人家一桩兴高采烈的事，料想芸哥一定前来助兴。"

芸士忙道："当然到府贺喜，何消说得？"

当下芸士和佩芬又在园中散步了一会儿，记得那天花荫絮语，月夜乞婚，正是红杏枝头春意闹的当儿，相隔一个月，满园风景，又是不同。红稀绿暗，春色已阑，缱绻司的公案，婚姻簿的名字，至是遂告一段落。

过了几天，果然广延亲朋，大开筵席，把那承继螟蛉女的缘起，一一向众宣布。亲朋听了，个个欢喜赞叹，不在话下。又过了几天，大经正式订亲，把女儿许配芸士为室，择定吉期，却在四月十八日。他们俩宴尔新婚之夕，正是卫福官溘然长逝之时。

比及三朝已过，举行蜜月旅行，旅行的地点，便是皖省的安庆。芸士的老子王松甫几次写信前来，催促把家眷搬向安庆居住，芸士哪敢怠慢，便奉着老母挈着娇妻，克期就道。佩芬和老父作别，自有一番依依不舍的情状。佩莲含着双眶清泪，向着佩芬说道："姐姐和姐夫但请安心上道，毋须顾虑爹爹的起居饮食。妹子自当加倍注意，和姐姐在家一般无二。妹子身受大恩，粉身碎骨，还怕不能图报，这些理所应为的事，断然不敢疏忽。"

佩芬也垂着泪道："都只为了有妹妹在家，愚姐才敢远游。要不是呢，愚姐愿一辈子和老父相守，无论如何，怎敢轻离左右？"当下又把一切家事，向佩莲重重地嘱托一番，然后辞着老父，别着义妹，洒泪就道，自向安庆而去。

大经自从佩芬别后，心中总不免时时挂念，亏得佩芬到了安庆，隔着三天两天常有信来，问讯老父起居，大经才把系念女儿的心思消释了一半。加着佩莲在老人左右，先意承志，竭尽孝道，大经在家更不感受寂寞。又因佩莲从小不曾识过字，未免美中不足，横竖闲居无事，便亲自教她识字。佩莲天分很高，又自己也存了一个决心，无论如何，总要懂些粗浅文理，自有许多应用之处。要是一字不识，便和盲子一般，岂不被人耻笑？她年纪不过十九龄，比着苏老泉发愤之岁尚短八年，便专心致志地用功起来。经着三个月的工夫，早把几册国民小学的教科书读个烂熟。那时夏去秋来，金风送爽，逢着清晨薄暮，佩莲常伴着她义父，同到别墅里散步，沈根生管理园林十分勤奋，除却原有的树木以外，又添着许多簇簇的秋花，如秋海棠、雁来红、美人蕉、玉簪花等类，遥望去红红白白、浅浅深深，点缀得园林里和锦绣一般。大经长日盘桓，益发有乡居之乐。

这天他在书室里面，接得女婿女儿的来信，因甚的笑逐颜开，眉飞色舞？原来信中道佩芬已有三个月的喜信，掐指一算，恰是花后得胎，藏尾年头，老先生便有得着外孙的希望。他在许婚的时候，又和女婿预约，说女儿将来生有子息，须继续外家的宗祧，绵延张姓的血统。生有一子，兼做张王两姓的继续人；生有二子，便该一子姓张，一子姓王。庶几张王两姓都可不患无后。芸士一一承诺，才定下这头亲事。所以老先生听得女儿育麟消息，快活之中，又加着一倍快活。

话既表明，编书的上文所叙的女郎，捧着夹纱马褂来劝老人添衣，当然不是老人的亲生女佩芬，却是老人的螟蛉女佩莲。老人便命佩莲坐在一边，细细把安庆寄来的信札，一句句读给她听。

佩莲听得她姐姐有怀孕的消息，也是欢喜不迭，便央托她义父，在那写信当儿，须得嘱咐姐姐保重着身子，休得多劳动，多行远路。还须提起我日夜惦念着姐姐，这几个月来，便在睡梦里也不知梦见姐姐几多次。昨夜还梦着姐姐从安庆回来，左右还搀着一对双生儿子，都似粉搓玉琢，和姐姐一般模样。姐姐向我说，从今以后，便永远住在这里，和爹爹妹妹一辈子做伴。我听了不胜欢喜，正待走向前去，细问她前后状况，却不料晨鸡喔喔，早啼醒了我的酣梦。

大经道："日有所思，夜有所梦，这本不足为奇，但是你梦见姐姐双子孪生，今天却来了喜信，倒也梦得凑巧。假如你姐姐应了你昨夜的梦，果然一胎双儿，那么我更欢喜不尽。"

父女俩正在闲谈的当儿，忽见那佣妇进来禀告，说外面一个跷脚男子，要来拜见小姐。据他说道，此来带有一桩快心的新闻，特地报知小姐，叫小姐听了也快活。佩莲一时猜不出来人是谁，心里好生突兀。

欲知后事，且阅下文。

第三十一回

话前尘老仆快心
辟新宅小星专宠

　　佩莲忙到堂前，去瞧那人是谁，原来便是卫宅门役蹺脚老张，便道："张伯伯，甚风吹你到这里来？那天芸士哥到苏州访问我爹爹，多亏你老人家指引到医院，才不白跑了趟。听说你老人家为了我爹爹，被主人赶出大门，革去了看门的职役，我心里很是不安。张伯伯，难得你到这里来。你是好人，素来待我很好的，请坐请坐，我正有许多话要和你讲。"说时，便让老张上坐。

　　老张哪里肯坐，连连摇手道："小姐，你若这样相称，岂不折了老张的草料？小姐逢着好人抬举，一跤跌在青云里，老张命薄，苏秦仍是旧苏秦，目下虽不在卫黑心那边充当门役，只是命里注定做奴才，到了这里，仍在人家做奴才。小姐，你宛比顶上的青云，老张只算脚下的黄泥。"

　　佩莲忙道："张伯伯，快别这般说，说了益发令我惭愧。你便充当个门役，也是劳力博金钱，说什么奴才？你是奴才时，我益发是奴才了。我在卫宅做婢子，骂也由他，打也由他，卖也由

206

他，死活都在别人手里发付，这才叫作奴才。"说至这里，忍不住要流泪。

慌得老张相劝道："小姐别这样说，毕竟天有眼睛，不枉了你的大贤大孝，才交着好运。我此来正有许多话，前来告禀小姐，叫你听了欢喜，不是叫你烦闷。"

佩莲拭着泪道："张伯伯既这么说，请上坐了再说，也不用小姐长小姐短，我只当你是旧时的张伯伯，你也当我是旧时的阿莲，同是中华民国的百姓，分什么谁贵谁贱？要是奴才，大家都是奴才。要是主人，大家都是主人。请坐请坐。"

老张没奈何，便在靠边的一张椅子上坐下，佩莲忙送了茶，自己也在对面的椅子上坐下。老张肚里寻思，一个人交着好运，举止行动便和从前大不相同，说出话来，也是很体面、很大方，谁看得出她是个婢子出身？

老张沉吟的当儿，佩莲便问他自从卫宅辞歇出来，一向在何处做佣工。老张喝了一口茶，道："提起卫黑心，实在令人恼恨。我从前投在他宅里做门役，只道他家是个善人门庭，对待仆役一定是很好的，谁料买眼药错进了石灰店。说什么善人门庭，却是一个毒蛇窠。他们一对黑心夫妻，干的黑心勾当，哪一件瞒得过我？我本意不愿替他们看守这个毒蛇窠，只为写定的年限没有满足，不便自己告退，卫黑心把我歇退出来，正遂了我的心愿。离开了毒蛇窠，免得沾染了毒气，带累我不清白。你爹爹这番陡然发病，扭住了黑心，把他的发辫连根拔去，也是天有眼睛，借着你爹爹的手，给他吃些苦楚。似黑心的所作所为，不是吃些小痛苦便好算数。我料定他一定要吃着大痛苦，到了那时懊悔也都不及。他借着善人的名目，历年吞没赈款，正不知有多少……"

佩莲道："这是已往的事，不消提起，我只问近几个月来，善人夫妇可曾改变性质，做些积善的事？小主人近来怎么样？娶的新夫人可能勤俭持家？我从前做婢子时，善人夫妇虽然待我刻薄，但是我这一颗心依旧巴望着他们回心改意，修福修德，不要闹出什么乱子。"

老张道："小姐度量宽宏，不记他们的前仇，算得是菩萨般的心肠。但是要他们回心改意，只怕今生休想。我自从离了这毒蛇窠，借着朋友家里，闲住几个月。我手头略有些积蓄，暂时没事干，也没妨碍。便要谋事，也得打听主人家的行为如何，再做计较。要是冒冒失失，又投到什么黑心人家做仆役，那么便洗刷不清自己的罪孽，将来身死，便永远不得超度。我在这几个月里，常和宅里的王妈见面，那边的情形，自有王妈一五一十地告我知晓。我听一回，便拍一回的手。小姐，你看头顶上的青天，毕竟是最公道的。人有千算，天只一算。黑心夫妇枉使着许多机谋，到头来终吃着一个大亏。现在毒蛇窠里闹得七颠八倒，儿子也死了，媳妇也走了，一对黑心人弄得冷冷清清，将来身死以后，积下的造孽钱不知落在哪个手里，白白地做了一世恶人，毕竟不曾占着一些儿便宜。"

佩莲听到这里，十分惊讶，正待盘问他底细，忽听得脚步声响，回头看时，却是义父张大经。忙向老张介绍道："这便是我家爹爹。"又向大经介绍道，"这便是卫宅的门公张伯伯。"

那时老张慌忙离座道："张老相公，你是南翔镇上第一好人……"

208

话没说完，大经忙推他坐定道："不用闹这客套，你只把方才的说话继续报告，我在书房里听你们讲得热闹，所以也到外面听听这段新闻。"说时，便在下面的椅子上坐了，催着老张，叫他快讲。

老张暗想，同是一个富翁，姓卫的富翁是那般，姓张的富翁是这般，一边眼睛喷出毒焰，一边面庞上堆着春风。大经见老张不则声，便道："你不用拘束，我这里是乡村人家，事事都讲实在。不比苏州的乡绅门第，牢守着阶级制度，大模大样，不把人瞧在眼里。"

佩莲也催促道："张伯伯，你快快讲将下去。端的小主人怎样地身故？新夫人怎样地走了？"

老张便从头到尾，说婆媳怎样勃豀，西席怎样荒唐，福官怎样得了痨病，三小姐怎样旅游不拘，以及福官身故以后，种种可笑的事，都一一说了。大经听了，只是暗暗嗟叹，佩莲却取出手帕，频频拭泪。

老张奇怪道："啊呀，怎样惹动了小姐的伤感？我只道小姐听了我的报告，一定要拍着手笑，连呼快活。似这般的黑心夫妇，合该受这恶报，你疼惜他做甚？"

大经也说："女儿，你真痴了。他们把你这般虐待，你便不记怨，也不该为着他们掉泪。"

佩莲惨声答道："我和他们果然没有什么感情，但是眼见这般殷富的人家，只为主人翁错了主意，不走那光明正大的道路，惹得天怒人怨，破败便在眼前，怎不令人伤感？我到了这时，便把他们从前虐待我的情形，完全都不放在心上，单觉得这一对夫妇懵懵懂懂，委实可怜。最好得个机会，到他们跟前，切切实实地劝导一回，好叫他们早早回心转意，保全这一份人家。"

老张笑道："便是小姐和他们会面，说得舌敝唇焦，也都没用。凡作恶的人，都把你的忠言当作恶言。况且你爹爹那天在宅里闹了一场，黑心夫妇都把你父女俩恨得牙痒痒的，似这般的毒蛇窠，你能脱身出来，已是万千之幸，没的离了毒蛇窠，重又钻进去触犯毒气。"

大经也道："女儿不用替他们担忧，这是他们自作自受，叫作可怜而不足惜。你只索冷眼看他们的结果罢了。"

佩莲又问老张道："张伯伯，你怎知我在这里，却来找我？"

老张道："我近来在镇上一个善堂里充当修身，工钱虽然不多，喜事务清闲，比着毒蛇窠里好过几倍。昨天偶和你爹爹根生相遇，讲了一会儿话，才知你因祸得福，在张老相公府上做小姐。我得了这个消息，很替你欢喜，连唤了多声阿弥陀佛。今天特地赶将来，把黑心家里的事情告你知晓，好叫你快活。不料倒引动了你的伤感。"

佩莲道："主人夫妇遭了这种种拂意的事，理该及早醒悟。拥着偌大的家产，又没有一男半女，再不行些方便，等待何时？人家要行善，只是没有钱。他们有了钱，却不肯行善。况且钱财都是身外之物，生不带来，死不带去，何苦为这金钱问题，惹得人人切齿、个个痛心？"

老张道："小姐的说话果然不错，但是这一对黑心人，少做些恶事也够了，叫他们行善，比着牵牛下井也难。你道他们没有子息，早该醒悟，谁料黑心痴心未绝，又纳了偏房，还巴望传宗接代，承受他们的产业。"

佩莲道："纳的偏房是谁？"

老张道："还有谁呢？便是这狐狸精转世的春香丫头。记得一天我路过阊门城外，瞧见春香打扮得妖妖娆娆，和一个油头滑脸的少年从那戏园子里走出，正待要跨上马车，我和她劈面相逢，尚不知她已做了姨太太，当下问一声：'春香姐，你到哪里去？'谁料春香理也不理，单单向我瞟了一眼。我道：'春香姐怎么不理我？我便是看门的老张，难道你忘怀了不成？'春香凑头到少年耳边，唧哝了几句，那少年陡向我大喝一声，伸手便是一下巴掌，打得我七荤八素。我没来由受这羞辱，正待和他理论，那少年和春香同坐着马车，鞭丝一扬，飞也似的去了。我又有足疾，哪里追得上，只得自认晦气，算是逢着了魔鬼。后来遇见王妈，我的这事讲给她听，王妈道：'春香是封了王了，别说瞧不起你老张，连那胖婆娘都不在她眼里。'我说：'这是怎么讲？'王妈道：'说来话长咧，胖婆娘凶恶了半世，不知怎的鬼摸了头，却把现成的天下让给了春香。三番五次嬲着老头儿，叫他讨小。说什么讨了小后，福官转世投胎，依旧做那卫姓的儿子；说什么春香的命宫里合该生个贵子。老头儿和春香本来鬼鬼祟祟，不得干净，胖婆娘叫他讨纳偏房，这是肉馒头打狗，再也没有这般凑巧。收房不过两个月，春香便出头露角，和胖婆娘闹过了多次。胖婆娘忍气吞声，总肯退让着几分，只为春香宣言，花后得子，已有了两个月的身孕。她和胖婆娘斗闹，不时捶胸拍肚，大哭大骂，胖婆娘吓得呆了，怕她闪动了胎气，不是作耍。她眼巴巴望那福官转世投胎，投到春香的肚里来，好容易有了这个喜信，要是一个不小心，打断了福官投生的门路，岂不把这几月来的希望都落了空？所以她一见春香捶胸拍肚，便慌忙得什么似的，件件般般，春香占着上风。春香益发得势，便不把胖婆娘放在眼里。老头儿又在阊门外另辟了所新宅，专和春香在一起居住，胖婆娘那边难得前来走动。春香虽然做了姨太太，毕竟贱骨难医，住在阊门城外，声名很不好听。那个打你的少年，一定和她有暧昧。'明人不消细说了，我听了王妈的话，又暗暗地唤快活。恶人有恶报，十恶不赦的卫黑心，罚他做一只开眼的乌龟，这真叫作现世报咧。"大经和佩莲听着，都是嗟叹不绝。

欲知后事，且阅下文。

第三十二回

记艳踪著动魄文章
售预约登滑头广告

　　因果之说，儒者所不谈，迷信之举，科学所反对。但是上回所说的跛脚老张，既非儒者，又非科学家，知识薄弱，脑筋简单，所以口口声声，不离乎善恶报应。三分是因果，七分是迷信。他又吃了卫老夫妇的亏，所以连连称快，大有幸灾乐祸的意思。若说大经和佩莲因甚嗟叹不绝，其中另有两种感想。大经的宗旨素来反对纳妾，以为人家渴望子息，讨纳偏房，暗地里移花接木，偷天换日，表面上有了子息，实则以吕易嬴，早断绝了自己的血统。这番卫宅的事，便是个前车之鉴，因此连连嗟叹。佩莲心里怜念着一对老夫妻，因甚舍着光明正大的道路不走，专走着黑暗倾险的道路，盲人骑瞎马，夜半临深池，又没法把他们拦阻。老张越是口头称快，佩莲越是心头作痛。

　　当下三个人又谈了一会子闲话，编书的把这闲话剪断，又另换笔墨，叙那鼎鼎大名的大文豪。

　　话说扫文书局的编辑所，设在一间小楼上面，临窗安着一张书案、一张椅子。里面一横一竖，设着两张木质的西贝铁床。书案上面，文房齐备，七纵八横地放着几本书册，书册的封面，不是玉体横陈的唐宫秘戏图，定是温泉水滑的杨贵妃出浴图。在这乱书堆里，又夹着几个玻璃瓶，瓶上的标签不是花柳药，定是白浊丸。砚台上墨渖未干，纸幅上字痕犹湿，字里行间还密密地加着许多圈儿，算作得意文章的符号。其实这位先生的得意文章不必出之笔下，早已摆在脸上，不是玉容生得好，老天何故乱加圈？这位鼎鼎有名的大文豪，便是从前在卫宅教书的卜麻子。

胖太太把卜麻子扎成纸像，付之一炬，却烧得他文运亨通，洛阳纸贵。在这扫文书局，充当一位编辑主任，终朝坐在小楼上面，手不停挥地作那诲淫小说。内容是诲淫，表面只说警世醒世。每部小说的结穴，虽有几句老生常谈的劝世语，只是淡淡着笔，不甚经意，唯有写到真个销魂的所在，他便十二分着意、十二分卖力，说得津津有味、栩栩欲活。他的小说出版后，老年人读了，还按捺不住这颗淫心，何况青年男女，情窦初开的当儿，读了他的著作，怎不三魂飘荡，七魄动摇。他有一部最得意的著作，唤作《牡丹花下记》，专门鼓吹情死主义。他说死有多种，病死、水火死、争战死以及种种色色的死，都不好说善终，唯有死在情场里的，才是善终。情死也有多种，死于哀情、死于痴情、死于负情、死于烈情以及种种情欲未遂而死，都不好说是善终，唯有死在温柔乡里的，才是善终。这般的死法，比什么死都荣誉，比什么死都快活。牡丹花下死，做鬼也风流。他这一部书，便是发挥这两句主义。

他自从在卫宅闹出了笑话，一溜烟逃到上海，找着朋友，打干馆地。他朋友道："做教书匠是没出息的，现在小说盛行，你不如暂在书局里充当一位编辑员，除按月供给伙食住宿外，还送你十元薪俸。将来你的著作果然社会欢迎，便该继长增高，加添你的薪俸。"

卜麻子听了，十分欢喜。原来这个朋友便是扫文书局的老板，卜麻子的第一部著作，便是这部《牡丹花下记》。初印三千部，不到半个月，售卖一空，再印一万部，两个月后又销个净尽。从此著作林中，便噪起这位西厢待月生的赫赫文名。西厢待月生便是卜麻子的别号，他避匿在上海，却怕卫善人探得他的踪迹，和他缪辖，因此不敢用卜人文三字真姓名，以便掩人耳目。

他的著作畅销以后，便向老板要求增薪，十元一增添，不到半年，他便做了书局里的编辑主任，按月六十元薪水，尽够他一人的用度。饱暖思淫欲，免不得在花柳场中稍稍走动，因此乱书堆还放着花柳药、白浊丸，这也是他在牡丹花下的一种成绩。他一个人坐在椅子里，搔头摸耳，打那小说的底稿。有时写到起劲，便滔滔汩汩地从笔尖上流出许多毒汁，无多时刻，千言立就。有时脑力不济，他便仰卧在这张木质铁床上面，眼看着帐顶，呆呆地把这副枯肠搜索。好在他的秘本小册子很多，遇到材料缺乏时，尽可以改头换面，胡乱把来充用。除却《牡丹花下记》业已畅销无阻，他又陆续成了五六种单本小说，却也很有销路。现在作的一部《石三小姐艳史》尚没脱稿，他自信这部小说一经出版，比着《牡丹花下记》益发要受人欢迎，怕不畅销十万本，流行廿三省？西厢待月生的文名，从此远近皆知，妇孺都晓。下半世起家立业，娶妻生子，讨小老婆，坐摩托卡，天天吃大餐，夜夜听笙歌，都靠在这部著作上面。书中自有黄金屋，书中自有颜如玉，书中自有千钟禄。卜麻子的欲望委实不小，因此用着全副精神，编撰这部《石三小姐艳史》，不肯一些放松。

他和石三小姐在苏州曾会过几面，从前坐馆时代，他和福官在灯下偷翻秘册，研究房术，趁着福官意醉心迷的当儿，他便用着权术，话取他们的闺房隐事。福官毕竟年纪尚轻，没多少阅历，便一五一十地把许多不可告人之事尽情披露。从此卜麻子肚里，便有了一篇三小姐的床第细账。后来到了上海，听人传说三小姐怎样放涎，怎样沾泥染絮，怎样广置面首，怎样沉沦欲海，怎样被家庭驱逐，怎样误落烟花，怎样沾染梅毒，怎样香消玉殒，卜麻子暗暗点头，我正愁艳情没材料，有了这桩风流趣史，加着从前在福官那边探得的新婚秘事，经我生花妙笔，竭力描写，益发容易出色。管叫出版以后，荡尽了红粉佳人的春心，流干了青年男子的涎沫。

他既有了这许多好材料，又在照相馆里觅得几张石三小姐的小影，又花了些本钱，在报上登着广告，征求石三小姐的珍闻艳屑以及关系石三小姐的一切记载。有此一番征求，材料益发丰富。你也去报告珍闻，我也去贡献艳屑，其中事实，半假半真，卜麻子兼收并蓄，来者不拒。又有人把旧时小报上载的石三小姐起居注送给卜麻子参看，卜麻子也把来接受了，当作参考资料。一部艳史，分作上中下三卷，上卷载的是闺女时代之石三小姐，中卷载的是少妇时代之石三小姐，下卷载的是名妓时代之石三小姐。每卷又分着十余条子目。

这天，卜麻子搜索枯肠，正编到中卷第二节的子目，叫作

《芙蓉帐暖度春宵》，他便细细凝神，回想从前福官嘴里漏泄的春光，这么长那么短，深印脑蒂，一字不遗。提笔时装头装尾，绘影绘声，写了一半，自己读了一遍，也觉得春心荡漾。暗暗地唤着自己名字道："卜人文卜人文，你的一支笔，真个勾魂摄魄，出神入化，大文豪三个字，委实受之无愧也。"

正在暗暗叫唤的当儿，忽听得楼梯上脚步声响，这脚步声却被卜麻子听得熟了，忙把笔儿在砚台上一搁，起身离座，迎着那人笑道："天良先生，你又来催我的稿件了？"

天良那时早走上楼头，赶向书案旁边，翻阅底稿，便道："这艳史的中卷，毕竟何时可以付印？我被外间催逼得紧，万难迟延。待月先生，你须赶紧落笔才好。"

原来说话的便是卜麻子的好友，扫文书局的老板桑天良。若论桑天良的历史，编书的也须交代几句。他的年纪约莫四旬左右，在那二十年前，他在上海一家书铺子里做伙计，仗着一张小白脸的照会，竟和东家的女儿暗地里勾搭上了，瞒着东家，挈着情人，卷着财物，一溜烟便想脱逃。事机不密，被东家捉住了，扭向公堂，审问得实，定了一年零三个月监禁罪名。罪满释放，名誉已破坏了，没法在外面铺子里混饭吃，只得在四马路弄堂门口，摆设一个小书摊，暗地里贩卖春宫画册，倒也被他吃穿了。不到三五年，便收拾书摊，开了一爿小小的书铺子。又隔了三五年，营业逐渐发达，便添设印刷所，挂了扫文书局代印书籍的牌号，从此一年一年地扩充，居然设立编辑所，有自己的出版物。但是这些出版物，无非薄薄的小册子，内容恶劣，不堪入目。凡是稍有程度的，便把来送给他们看，他们也不肯瞧这一眼。然而越是通人不肯看的书，越是销路广阔。中国教育不普及，社会程度不增高，百弊丛生，不堪细说。但是百弊中间，却有一桩利益，利益在哪里？就是便宜了这辈不道德的书贾，无论什么丧心病狂的书，自有丧心病狂的人抢也似的来买。

这番扫文书局出版的《石三小姐艳史》，在那两个月以前，报纸上早登了广告说："这书是西厢待月生的生平第一杰作，没一字不销魂，没一句不动魄。这书一出版，古往今来的多少言情小说，一齐可以抹煞。诸君呀，快来呀，快来呀！快来购这半价的预约券呀！"似这般极态横生的广告，倒也发生效力。不到一个月，早把印就的预约券销售一空。远近来信，纷纷地催促出版。老板桑天良被逼得脚忙手乱，一天总有好几次跑上楼头，催促这位编辑先生快快落笔。这番上楼，当然也为着出版问题。

卜麻子道："天良先生，你别着忙，且坐了听我讲话。"当下两人都坐了，卜麻子不慌不忙，自有一番议论。

欲知后事，且阅下文。

第三十三回

论烧点有意写春宵
落火坑无心应恶谶

卜麻子因桑天良催迫他动笔，暗想今日之事我为政，借此敲他一顿竹杠，也不枉我搜肠索肚，绞去了许多脑汁。当下便不慌不忙地说道："天良先生，这著作一桩事，有以速为贵者，有以迟为贵者。日试万言，倚马可待，此以速为贵也。十年研京，十年炼都，此以迟为贵也。鄙人从前编撰的《牡丹花下记》是一种寓言小说，不妨凭空结撰，以意为之，所以不到半个月，便可脱稿。现在编撰的《石三小姐艳史》，是一种写实小说，须得字字有根据，句句有来历，怎能仓促之间草草脱稿？"

桑天良道："待月先生，休得故意作难。这部著作既经售卖预约券，到期不出版，不但有碍书局的信用，并且有碍足下的名誉。要请先生格外成全，定一个最短的期限，好使一班渴望出版的人先睹为快，增添他们的兴趣。"

卜麻子笑道："你既懂得要增添兴趣，这兴趣两个字是属于双方的，不是属于片面的。作书的既然没有兴趣，那看书的怎能发出什么兴趣来？"

桑天良道："先生怎会没兴趣？这几个月来，薪俸逐月增加，又不曾短少了一文半文。"

卜麻子摇着头道："薪俸还是小事，古人道得好，饮食男女，人之大欲存焉。你把我束缚在小楼上面，做那笔墨的劳工，饭食又不堪下口，空气又很浑浊，叫我怎够作出什么好文章来？况且这部书又是很香艳的文字，须得红袖添香，白衣送酒，前列女乐，后列笙歌，把我的兴趣鼓动了，才能够下笔有神，不论千言万语，顷刻立就。要是照着现在的待遇，闭我在斗大的屋子里，比着文王羑里著易，邹阳狱中上书，苦恼万倍。我提起笔尖儿，早已一百个不起劲，当然不能如期脱稿。"

天良听着，暗想这贼麻子真个不可为训，他投奔我时，但求有一碗饭吃，现在有了饭吃，又有了大大的薪俸，他却使起刁来。今天不脱稿，明天不脱稿，搭起这许多架子。丢却青竹竿，忘却讨饭时，似这般忘恩负义之徒，要他做甚？天良肚里这般想，眼睛却看那书案上的草稿，初看不打紧，看了几行，觉得面上发热，腔子里的一颗心竟有些摆摆摇摇起来。便把手在书案上一拍道："待月先生，这一节《芙蓉帐暖度春宵》实在作得很好，我活了一把年纪，又曾在风月场中混了好几年，要算得是曾经沧海难为水了，然而看了你的大作，觉得这颗心摇摇摆摆，不知什么似的。料想这部书一经出版，许多青年男女没有一个不心醉、不魂荡。待月先生，你的头脑是怎么样生的？人家想不到的地方，你偏会曲曲折折地写将出来，真是天地间数一数二的好文章，怎说没有兴趣？"

卜麻子笑道："我的好文章不过略见端倪，尚未充量地写出。须知凡作一部书，其间总该有一个烧点。作哀情小说的，哀到极处，便是哀的烧点。作艳情小说的，艳到极处，便是艳的烧点。这部《石三小姐艳史》，全仗这一节《芙蓉帐暖度春宵》，作为全书的烧点。我作到这一节，怎肯轻轻地放过，须用着十二分的热度，把那宇宙间不可思议的秘密，一一都烘托出来，管叫大家读了这部书，发出火一般热的爱情。无量数的才子佳人魂飘意荡，大家都跳不出这个火坑。"

天良道："闲话少说，总求你笔尖儿告个奋勇。"

卜麻子道："要告奋勇也容易，你须给我服几帖奋勇药，鼓励鼓励我的笔墨精神。"

天良实逼此处，明知不破些悭囊，这贼麻子怎肯甘休，当下便陪着他吃过几回大菜、叫过几回局、做过几回花头，卜麻子才没话说，按日总作三五千字，一部艳史，不日可以告竣。天良又常到楼头，一次一次地催促。卜麻子道："好了好了，七级浮屠，只剩得一个塔顶了。你快快安排佳肴美酒，我和你在楼头喝个爽快。"

天良又不敢违拗，只得备了两壶酒，唤了几色菜，陪他在楼头喝酒。饮到傍晚，卜麻子又春心荡漾，拉着天良去嫖院。天良道："待月先生，一百只馄饨，吃到九十九只，你便打熬着一夜，把全部书都结束了，功德圆满，那便请先生暂时搁笔数天，花天酒地，由着你去寻个快活，岂不是好？"

卜麻子却情不得，勉强应允了，提着这支笔，兀自野心勃勃，良久不能成一字。天良瞧这光景，暗想不妙，今夜须得监着他完工，要是离了他左右，他一溜烟又跑到胡家宅那边去，岂不误了我的出版日期？

原来小楼上面备着两张床榻，上回书中业已表明，一张便是卜麻子的卧榻，还有一张是预备桑天良卧的。天良在书局左近另有住宅，不大在书局里过夜，这张卧榻原是备而不用。这夜也是合当有事，他偏偏在要监着卜麻子，不许他到外面走动，遣人知照家中，今夜不回来，只在书局中住宿。

卜麻子叹了一口气道："吃他一碗，服他使唤。他既监着我动笔，只得拼个深夜，把这全稿结束。明天挣扎起精神，再向温柔乡里乐这一乐，未为晚也。"当下手不停笔地起那草稿，直到夜深两点钟，这部《石三小姐艳史》方才告竣。统计字数，上中下三册，共有七万余字，也算得是一部长篇杰作。当下便把全稿授给天良执管。

天良坐守了半夜，觉得有些疲乏了，便唤起楼下睡的学徒，把这稿儿交付与他，又再三嘱咐道："我和卜先生都磨着深夜，明天起身一定不早，你把这稿好好地代为执管，到了来朝，你赶紧起身，把这稿儿送到印刷所里，早早排印，以便如期可以出版。"学徒诺诺答应，捧着全稿自往楼下。卜麻子和桑天良都是睡眼迷离，熄了电灯，横到床上，不多时便入梦乡。

这时马路上已断了行人，一班熙来攘往的人都入了睡乡深处。楼下便是发行所，用着一个司账、一个学徒。那夜司账有事回家，只有学徒在这里守店，大家都睡了，唯有他兀自未睡，捧着这一部稿子，随意翻阅。恰恰地翻着了《芙蓉帐暖度春宵》的一节，觉得这题目异常香艳，便暗暗地偷看一遍。不看犹可，看了时怎肯放手，分明把男女间的秘密，拆皮拆骨，尽情宣露，再不信这位麻子先生有这一副好笔墨。那学徒年龄在十五六光景，正是情窦初开的当儿，便预备把这书带到床上，细细地揣摩研究，又恐不熄电灯，被老板知晓了，不免斥责。当下把电灯熄了，另点着一段洋蜡，黏在床前一张椅子上，以便倚枕看书，看一个烂熟。他一一布置完毕，便把帐门揭起，凑着烛光，手捧着书儿，侧卧在床上，看得津津有味。看了一遍又看一遍，又合着眼睛，细细地揣摩其中的情形，咀嚼其中的滋味。

正在似醉似痴的当儿，猛不备眼前一道红光，逼得面上烘烘地热，睁眼看时，只喊得一声不好，原来烛火烧着蚊帐，轰轰烈烈，竟自烧将起来。那学徒满腔欲火，引动真火，比及真火发作，全室通红，学徒转吓得手足冰冷，把那十二分热度的欲火都降到冰点以下。要是稍有主见的人，赶把蚊帐扯落下来，用着床上的絮被夺住火焰，或者可以幸免于难。叵耐学徒先慌了手脚，不将蚊帐扯落，却去寻觅面盆，忙把面盆里的洗脸水向着蚊帐上浇灌，慌急的当儿，又把盆里的水泼翻了一半。从来杯水车薪，远水不救近火，说时迟那时快，火焰四冒，不可向迩。床榻左右又重重叠叠地堆着书籍，一经着火，顿添燃料。学徒才发一声喊道："桑先生卜先生，快快起身！楼下失火咧！"嘴里这般喊，自己的性命要紧，早已开了大门，跳身出外。左右邻居听得火起，都从睡梦中惊醒，大哭小叫，忙作一团。霎时间警钟大鸣，救火车立时出发，风驰电掣，立刻即至。亏得人众手多，扑灭得早，除却一底一楼都付焚如，左右邻居幸亏不曾殃及，要算不幸中之大幸。

且慢，这小小楼面的桑、卜两先生究竟是死是活，怎么一字不提？咳，编书的写到这里，笔下也忙极了。要紧扑灭这火，却把那楼上的一位书局老板、一位西厢待月生失于交代，这也是大大的一个漏洞。当那学徒狂喊的失火的当儿，桑天良从睡梦中惊醒，跳身下床，待要向楼下奔避，叵耐走到楼头，这座楼梯早化作了火梯。没奈何开着沿街的短窗，奋命地从楼窗上跳将下来，虽免于葬身火海，却已跌个半死，自有人把他扶入车里，送往医院医治，虽保得性命，却变了个一跷一拐的残疾之人。一言表过，便不再提。

　　唯有卜麻子多饮了几杯酒，又被笔墨磨乏了，躺在床上和死人一样。烈火烧到眼前，要想逃命，哪里来得及？可怜他白用着十二分热度，作这部艳到极点的好文章，预备把多少青年男女挤落在火坑里，然而却不料自己先逃不出这个火坑。比及到了来朝，从那瓦砾场中掏出这位大文豪的遗骸，真个烧得火炭一般热，才知道那天的一席话，句句都成了恶谶。

　　卜麻子死后，那部艳到极点的著作也陪着殉葬火窟，石三小姐的许多秘密从此不传于世，著作界里，少了一部诲淫小说。许多购买预约券的青年男女，枉花了银钱，翘望多时，却扑了一个空，大家都唤了一声晦气。其实哪里是他们的晦气，却是他们绝大的运气。只这一部书没有出版，冥冥之中，不知保全了多少名节，救援了多少生命。火神菩萨的烘烘一炬，比着观音大士的几滴杨枝水，功效要加万倍咧。

224

图书在版编目（CIP）数据

写真箱／程瞻庐著. — 北京：中国文史出版社，
2019.3

（民国通俗小说典藏文库·程瞻庐卷）
ISBN 978 – 7 – 5205 – 0920 – 6

Ⅰ.①写… Ⅱ.①程… Ⅲ.①长篇小说 – 中国 – 现代
Ⅳ.①I246.5

中国版本图书馆 CIP 数据核字（2018）第 272604 号

点　　校：袁　元
责任编辑：牟国煜

出版发行：中国文史出版社
社　　址：北京市海淀区西八里庄 69 号院　邮编：100142
电　　话：010 – 81136606　81136602　81136603（发行部）
传　　真：010 – 81136655
印　　装：廊坊市海涛印刷有限公司
经　　销：全国新华书店
开　　本：720 × 1020　1/16
印　　张：15.25　　　　字数：160 千字
版　　次：2019 年 3 月第 1 版
印　　次：2019 年 3 月第 1 次印刷
定　　价：55.00 元